歲月不留白

陳玉琳 著

大地的鹽——為玉琳作序

荊棘

　　玉琳是位可愛的朋友，她待人真摯，坦率自然，誠實無虛，做事認真負責，還始終保持一分樂觀向上的精神；即使近年來經過一些災難，不但自己受到身體的折磨，同時還要照顧有痼疾的先生，卻仍能無怨無尤，冷靜地把大大小小的事情處理得有條有序，把日子活得充實振奮，從不埋怨，從不自憐。使我們意識到在這女子溫柔的外形之下，有一個強韌而勇敢的心靈。

　　她的新書《歲月不留白》即將出版，邀我為她寫序。受到這份重託，我欣然地拜讀書中所有的文章。這本書收集了近兩年來玉琳所寫的文章，這也正值新冠疫情爆發世界被封鎖的非常時期，為了不讓歲月流失了無痕跡，她將在其間所感所思化成文字而收集成章，希望她的歲月不留空白。

　　本書有五輯：〈面對疫情〉收集了她在面對疫情下的心情、經歷和感懷。在這段時期，玉琳居家靜心讀了十幾本書，其中四本書的心得收集在〈回味無窮〉內。〈難忘遊蹤〉則是在疫情之下翻閱以往旅遊所攝的照片，在腦海裡重遊故地而寫下的文章。與書名相同的〈歲月不留白〉是記載平實生活中種種小事：譬如後院的老樹、公路馬路旁的見聞、左鄰右舍的經歷、朋友們的身世等等。這輯篇章最多，也最能表達玉琳本人的心態。〈問世間情為何物〉是書中唯一的小說，這也是玉琳的小說習作，我們可

以看到玉琳固然努力但仍然顯得青澀的嘗試。

讀玉琳的文章像似與她促膝談心，因為她的文章跟她的為人一樣自然坦率，平鋪直敘，沒有什麼浪花和皺褶。看似無味的日子，都被她過得有滋有味；在疫情下發生的種種事情，甚至返台被關旅館的14天拘禁，她都能順利適應，還看到令她感動的人和事，向那些為她服務的員工致敬。自幼喪母的玉琳，從小就必須為家人燒飯做菜，卻一直愛學做菜，不斷嘗試美食的製作。她仔細觀察人行道旁成排的紫薇，發現遠處看來是一大朵花，近看卻是無數小花聚成，而想起「盛夏綠遮眼，此花紅滿堂」的句子。〈老樹〉一文是由家裡前後都有濃蔭大樹，而想到小時居家後面的大榕樹，從此與樹木建立的親密感情。在〈難忘的夏夜〉裡，她記起兒時父親在夜間乘涼講故事的情景，成年後在新店山區看到的夜景，有次在美國猶他州出山時猛然看到又大又圓如金盤的月亮，而南達科塔州的夜色則是大片的藍、深藍、灰藍、和捨不得變黑的藍。達拉斯的夏夜又是一番景色，到10時以後才穿上黑衣，像似磨墨者需要大量墨汁才能抹遍德克薩斯州遼闊無邊的天空。這篇文章把色彩寫得非常精彩。

在〈冬日樹下的絮語〉中，玉琳指出落葉殆盡的枯枝也有令人刮目相看的千姿百態，形形色色的落葉以不同的相貌展示於世，像是造物者對萬物一概同仁的普世之愛。在〈年菜今昔談〉裡，臘味飯、圓滿黃金鍋、什錦菜、豆茶、和年年有餘的清蒸鱸魚，被她形容得令人垂涎。在〈萬聖節〉一文中，我們看到美國的孩子化裝成各種精怪，歡天喜地地拿著籃子去家家戶戶討糖果。

玉琳繼續絮絮細談家常話，說到鄰居的人事變化；在冬陽下的愜意和挑起的記憶；與鄰為善的快樂；回味中香甜的綠豆

湯；從小和火車建立的情懷；在阿利桑大州的桑多納小城看到的聖十字教堂，簡樸的教堂和雄偉的紅岩融於一體，成為信仰者的殿堂。在社區散步，她看到河邊刻字的座椅，是兒女紀念父母晚年常到此散步，欣賞夕陽和納涼賞月之樂而作的捐獻。她說到墨西哥15歲女兒的成人禮，和其禮在社會中的意義。在〈秋憶晉祠蒲扇樹〉她始見迎春花，在11年後的秋季再去時又見到兩顆銀杏樹，身披金黃傲立秋陽，已經有六百歲了，與藍天相襯而顯得潔淨無瑕。在〈房車族生活〉一文中，她因趙婷獲得奧斯卡最佳導演的電影而想到一位也是房車族的故友，他如侯鳥般隨氣候而遷移，但是文中並沒有深入這位房車族的內心，也沒有談到他長途跋涉的感觸和生活的意義；以趙婷的電影為始的故事，留給讀者的是感到空缺的失望。

　　玉琳是個勤奮好學的人，在疫情之中讀了十幾本書，其中四本書的心得收集在〈回味無窮〉內。我認為這四篇心得是本書中比較有分量的文章，與其他的文章比起來，文章的長短和輕重都不大協調。她讀村上春樹的新作《棄貓》，本以為「棄」源自「厭」，原來卻是因為生活窮困，不得不捨棄與貓的感情。因而想到村上春樹的父親參加中日戰爭的無奈，和他自己反戰的情愫，而生了一股悲天憫人之情。她讀余光中的經典作品《望鄉的牧神》，感受良多，幾乎每一段落都加上注釋；提到余光中對紐約街頭的描寫，譬如行人道上人人並肩相摩，但心理的距離卻不可能再遠，而表現出大都市人群之擁擠，和人情之冷漠。她把韓秀的《文學的滋味》和《風景線上那一抹鮮亮的紅》讀得仔細。我最喜愛的一段是韓秀談到的「鹽的傳奇」，一顆顆微小而謙卑的鹽，因為來自不同地域和經過不一樣的體驗，而具有不同的顏

色和形狀，美食家知道他們滋味各異而能賦予食物獨特的風味，肯定它們對於美食和烹調應有的地位。

也許我們這些庸夫俗子，都是地上謙卑的鹽，沒能在浩大的戰事建立豐功偉績，沒能做出改變人類生活的發明和創造，也無法寫出傳世的史詩和傑作。但是只要我們面對每天生活的壓力和需求，真誠而樂觀地盡力活下來，我們留下的點點痕跡，不管再平實，都是「鹽的傳奇」。

自序——歲月不留白

　　將近從心所欲之年，體力明顯衰退，但我仍想活得有聲有色。

　　每日認真作息，愉快地烹煮三餐，為食得開心，也為補充衰老中日漸流失的體力，這兩年更要抵抗新冠疫情無情又漫長的衝擊。

　　就這樣，看似無色無味的日子，我竟也過得有滋有味。原來門前或後院，晨曦與黃昏，甚至疫情期間返鄉時，我都能見到令我感動的人、事、時、地、物。當然，窗前展書讀，燈下閱古籍，都充滿了盎然情趣。

　　於是，流失的歲月不再了無痕跡，我記下了我在某一瞬間、某一地點的感懷，及稍縱即逝的感動，將這些感懷與感動化成文字後收輯成書，希望我的歲月不再留白。

　　我因此而雀躍，留不住歲月，卻留住了剎那間的感動，我更欣見短暫的喜怒哀樂化成紙張上的長存。

　　因為疫情，自2019年秋我遊罷絲路後沒再旅遊，然而，這本書雖缺少旅遊的篇章，卻增加了面對新冠疫情時的心情、經歷與感懷，我將它們集結在「面對疫情」這輯中。

　　閱讀仍是我生活的重心之一。這一年多我讀了十幾本書，但只寫了四本書的心得，分別是韓秀著《文學的滋味》和《風景線上那一抹鮮亮的紅》、余光中著《望鄉的牧神》，及村上春樹原著、賴明珠翻譯的《棄貓》。閱讀是件開心事，寫下自己的閱讀心得更是件很有成就感之事，我將這四篇收集在「回味無窮」輯

中，雖只有四篇，但字數最多，所費時間也最久。

　　雖然有兩年無法旅遊，但我常翻閱以往旅遊時所拍攝的照片，也常重溫當時寫下的筆記，於是往事歷歷，自然美景與異國風情再現，從我腦中、眼前流入鍵盤，我又故地重遊。雖只有少少兩篇，我仍配合文章找出照片，將回憶化成文字，與當時留下的影像一同呈現於書中，我將之收集在「難忘遊蹤」這輯中，既寫下過往的遊蹤，也充實了日後的回憶。

　　退休後的生活是可完全自我掌控的，晚睡晚起幾乎成了習慣，但我仍儘量將每日安排得很充實，在平實、平靜的生活中找尋值得仔細品味的片刻，應該深思的人事物，於是我記下了院中的老樹、公路上馬路邊之所見，還有左鄰右舍間的見聞與經歷，我的寫作素材也因而源源不斷，將這些篇章集結在「歲月不留白」這輯中，也是本書中篇章最多的一輯。

　　我依舊在學習寫小說，過往歲月中幾幕難忘的畫面，以及一些令我深思的情景，隨著歲月的流逝，我對它們依然有感，於是，我以些許想像為線，再以鍵盤為針，串起這一幕幕畫面、一片片情境，寫成了這篇〈情牽〉，成為「世間情」這輯中唯一的一篇。

　　2021年是我多災多難的一個年頭，從三月我在浴室摔破後腦袋被救護車送到急診室縫針開始，到十二月第一個週六，我的車被撞，方向盤重擊我前胸，我又被送到急診室止，期間我還經歷了五月底膝蓋手術，及八月份但急性盲腸炎手術，二週後又患傷口感染。這一連串的傷病令我對自己的健康失去信心，但痛定思痛，我將更注意自己的身體。

　　2022年開始，我相信新冠疫情已近尾聲，在多次傷病後我再

振作，整理出足夠出書的篇章，出版這本《歲月不留白》。感謝
我的家人與文友們的鼓勵，更感謝立立姐為我寫序。

　　　　　　　　　　2022年元宵節寫於自宅西窗旁

CONTENTS

┃輯一┃ 面對疫情

┃輯二┃ 回味無窮

輯三 | 難忘遊蹤

輯四 | 歲月不留白

| 輯五 | 世間情

面對疫情

這些日子裡的多少煩憂

這些日子裡，我常數算：「從2020年三月初開始，我已被困了四個月。」所謂「被困」，是行動受限，更是心情上的閉鎖，這份困鎖全來自新冠肺炎。

嚴格地說，自武漢因新冠肺炎疫情嚴重而封城後，我就開始注意這疫情。當時我想，如此有效的防阻政策，疫情定會受控。直到韓國出現了超級傳播者，日本也在萬般無奈下宣布將奧運比賽延期，我才感到自己忽視疫情了。就在我驚覺事態日漸嚴重的同時，我開始擔心台灣親友的安危。懷著沉重的心情寄了一箱N95口罩給台灣的親人，回家後竟有排山倒海般的悲傷湧上心頭，我想為他們奉上更多的幫助，卻不知如何著手？

正當我關心亞洲疫情時，朋友開始聯絡我。對了！四月十六日到三十日，我們計畫旅遊，目的地是巴塞隆那、直布羅陀海峽及摩洛哥，我是此次旅遊的召集人，大家已付了一半訂金，也都訂妥機票。我轉身看看歐洲，還好！沒事。

誰知歐洲疫情大爆發竟是轉瞬間事，同時間美國各州疫情也如燎原火舌般襲捲，我的心情丕變，僥倖之心泯滅於居家避疫的禁令中。於是即刻與旅行社聯絡旅遊延期，群組中朋友的叮嚀與問候聲不斷，僅僅數日，分分秒秒傳來的都是與疫情有關的壞消息，我的情緒低落至谷底。

美國境內最先出現疫情的是西雅圖。也許是受到多年前「薩斯」（SARS）疫情快速被控制的影響，我輕忽了此次疫情的嚴

重性。我當時覺得，西雅圖離我還遠，那裡又是多雨的氣候，不像我所住的西南部德州達拉斯，氣溫高又少雨，應該還好！尤其以西雅圖為例，病況最嚴重的都是安養院，我與外子整日在家，甚少外出，染疫機率應該不高。但不久整個加州也淪為疫區，那兒有許多我熟識的文友，我心中的愁憂增加了，無論在群組或私函中，我逐漸感受到疫情已有無法控制的趨勢。緊接著紐約爆發疫情，那真是強猛的傷害，染疫者人數增加迅速，死亡率更高得驚人，在為友人擔心的同時，我也開始為自己擔憂，憂慮我的住地也將會成為疫區。看著朋友們在群組中的提醒，我感覺自己該做些準備，於是開始存飲水、衛生紙。雖然一次次的採購，但我心中仍存有一絲僥倖，我一廂情願地以為我們這兒天氣炎熱，病菌不易存活。但是，新加坡、東南亞相繼爆發疫情，再加上專家們的論文證明，這次疫情絕不會在夏季絕跡。我那僅存的一絲僥倖，就如此被摧毀在無情的現實中。我終於冷靜問自己，還要準備些什麼？對了！口罩消毒水。說來我還算幸運，朋友告訴我鄰鎮有家小藥房還有口罩出售，我得知後趕去排隊，抱著限量的口罩、消毒水回家立刻電告所有朋友，結果半數朋友去晚了，空手而歸。我終於感到不能再心存僥倖，靜下心來細想，我該要準備應戰了，應付一場艱險又見不到敵人的戰爭，我心沉重至谷底。

　　就在此時，紐約驚人的死亡率令我慌恐。接近「從心所欲」之年的我，幼年雖經歷過物質生活的貧苦，但就業後生活平順至今，戰亂中的死亡與流離只是父輩們口中的往事，不曾想到，我在垂暮之年竟然受到了疫情氾濫與死亡的威脅。此時我的住地尚未淪為疫區，但我已感到隨時會受居家令的限制。看到加州、紐約等疫區的搶購風潮，我也開始行動，將家中冰箱塞滿的同時，

也準備了乾糧、罐頭。本就多愁善感的我，白日裡看著疫區新聞嘆息，見著疫區友人的煩憂我心更憂，夜晚更常被噩夢攪擾，每每從驚險的夢境中嚇醒。我不覺感嘆，平日寫作的內容情節若能如此驚心動魄，也許會引得讀者青睞。

真是怕啥來啥，疫情隨著春末夏初的和風來到我的住地，哦！不！今年吹來的可不是和風，而是殺機重重的疫情風，它的到來伴隨而至的是「居家令」，生平首次面臨此種命令，心情之鬱悶不在話下。這原是我最喜愛的季節，氣候宜人，萬物生機勃勃，往年此時我總有忙不完的戶外活動跑遠一點是出國旅遊，留在家中也可訪友賞花。本地植物園的鬱金香很美，伴隨鬱金香開放的還有杜鵑、白色櫻花、迎春花、Pansy（三色菫）等閒步園中，抬頭看著盛開的白櫻花以藍天白雲為襯，心情舒坦極了，低頭見到片片花瓣灑落在青草地上，不由得將自己想像成誤入桃花源的幸運兒「芳草鮮美，落英繽紛」不正是眼前景色嗎？但剛從新聞中得知，今年植物園因疫情而關閉。想著好花枝頭空綻放，那份無人觀賞的落寞，我不由心生悲憐。甩甩頭我走到後院，看著院中榕樹上數年前自鄰家飄來落戶的紫藤，我豈能辜負它短短一週的花期！再看看開謝時間不一的豆莢花，它們可是一年一度來訪的嬌客。最後來到枇杷樹前，自深秋開花入冬結果以來，濃霜輕雪已淘汰一批果實，在物競天擇下存活的良品，已長得有指甲蓋那般大小，它們也是春天的貴客之一。又見到綠芽初吐的無花果與含苞待放的紫薇花，一番巡禮後我覽盡後院春色，心情稍微平靜。

女兒在離家車程五小時的休士頓工作，她的公司已允許員工在家上班，這使我放心不少。但女兒學的是環保專業，在天然氣

公司工作，當三月下旬國際石油價格開始下跌時，我就擔心她公司會因油價下跌而裁員，一顆略放鬆的心又擔憂起來。其實此刻世界各地的新聞也多是兩大主題，不是疫情令人憂就是經濟衰退跌跌不休，原來除世界大戰外，疫情引發的災情也是既深且巨，我那因疫情而增添愁憂的心田，已快載不動這不斷增加的負面消息，但其實這只是壞消息的開端。

　　不久，一個噩耗傳來，我的美髮師朋友驟逝；她與我同歲，我們相識將近二十年，她身材比我苗條，我總羨慕她保養得宜，尤其是她那一頭黑髮最令我羨慕，彷彿是上天感謝她照顧眾人三千煩惱絲的獎勵。那日得知她因腦溢血昏迷而過世的消息後我十分震驚，尤其得知她是訪友結束後，暈倒在尚未發動的座車中，兩小時後才被外出倒垃圾的友人發現，送醫後仍救治無效。她的驟逝令我百感交集，人生本無常，死亡的威脅隨處不在，我為她憂傷的同時，亦為己身唏噓。這兩年我小病不斷，前年末更裝了心血管支架，在有形的醫療與藥物保養之餘，天意對我壽數的安排我不可知，面對疫情來襲時刻，憂煩愁苦之餘我更當珍惜。沉思片刻，我領悟到這位美髮師朋友的境遇，讓我學會從正面來思考問題，積極面對困難強於消極的恐懼退縮，但要勇敢面對疫情，我還須加強心理建設，於是我努力試圖拉起那已跌至谷底的心情。

　　這位美髮師朋友雖非因染疫而去世，但她是在疫期病故，這本是令人格外憂傷的時節，以致我的心情沮喪不已，誰知壞消息總會趁人心情欠佳時齊湧而至。我的兒時好友也是老鄰居在此時傳來另一噩耗：「我大哥已於四月十七日因新冠肺炎病逝，享年七十有一。」這是我熟識朋友中第一位因新冠肺炎而去世者，

我既驚訝又悲傷。這位大哥數年前已患失憶症，家人將他送到安養院請專人照顧，原以為昂貴的費用可得到妥善照顧，誰知今年新冠肺炎疫情來襲，暴露美國許多安養院竟是傳染病的溫床，想到此一不幸，我那稍稍提振的心情又再度下沉。那一刻我更為這位同窗好友擔心，前些年她因高齡雙親相繼過世而極度憂傷，如今唯一兄長過世她竟不得親臨送別，她的心情必定悲傷，我為她暗自祈禱，願她能多保重。接連而至的壞消息令我在憂傷之餘也陷入深思，上天為天下人安排不同命運，壽命的終點是何時、何地、何景況都不可預知，既然如此，我又何須為這些不可預知而愁煩。想到這，我再度試圖拉起我下沉的心情，只是此時我多了一分警覺。新聞不斷報導，此次疫情的高危險群是「老、男、病、窮」，我想到外子，他年過七十，身患多種慢性病，好在數十年的穩定工作機構，在他退休後仍讓他享有極佳醫療保險，如今也已開始享受老人醫療保險，在雙重的醫療保障下，我雖不用為醫療費用擔心，但仍須盡力照顧他別染疫。

在疫情到達本州前，外子因跌倒而接受復健治療，我在他之前也因膝關節炎而做復健，每週三次，我們同去復健診所，病痛因得宜治療而不致惡化。又因外子不愛運動，我為他尋得一位優良按摩師，每週一次的按摩治療，對他周身的疼痛也有緩解作用。但自疫情爆發以來，這兩種助益都停止，居家雖可避疫，但對於需要復健與按摩治療的我們卻只能在無奈中停止。

外子身材壯碩，不愛運動的結果體重一直超標，以致膝蓋無法負荷龐大身軀而常疼痛。前些年摔倒後傷到腰椎，行走能力每況愈下，退休後整日在家心情十分鬱悶。春日我邀他去植物園賞花，他勉為其難地陪我，繁花雖美也難掩他的背酸膝痛，我看在

眼裡十分心疼。

　　年輕時我夫妻倆都愛旅遊，駕車遊遍全美著名景點，也常出國旅遊，原計畫退休後環遊世界，如今他老病後不良於行，旅遊的計畫遲遲無法如願。我看他在家情緒低落的呆坐表情很是不忍，總想在他的退休歲月中添些樂趣。去年初到埃及與約旦旅遊，藉著輪椅代步，他終於享受到較愜意的旅遊。返家後我們買了輪椅，去年五月的法國之旅，就是場極完美的輪椅旅遊。本以為今年能再度推著輪椅去旅遊，如今天不如人願，我們計畫的一趟歐之旅、兩趟秋季郵輪之旅都行不得也。想到年歲日高，體力日衰，有限生命中的輪椅旅遊也不能實現，我心中再度被憂傷籠罩。只是，當生命與旅遊同時放在面前選擇時，「保命」必定優先。這時我想到，隨時能夠拉著行李箱出遊的日子，是上天所賜的極大恩典，往日我輕鬆出遊的日子能否再現？我不敢細想，此刻我深切感受到人生在世，應當時時感恩與惜福。

　　日子在驚恐、憂傷、感恩、珍惜中度過，冰箱的食品也逐日減少。本地的「居家令」不禁止外出購買生活必需品，於是我決定出門採買，口罩、手套、帽子甚至護目鏡都裝備齊全，一次採買足夠裝滿冰箱的食品，返家後徹底清洗食物與自身。我安全地闖過這關後，對疫情的莫名恐懼略減，但也更加注意營養以增加抵抗力。找出多年來收集的食療資料，特別挑出護肺的祕方：水梨盛產期間我總不忘做些「冰糖燉水梨」，放在冰箱慢慢食用；如今金桔上市，我也不忘將買回的金桔製成「蜜製金桔」。其實，我的五臟中肺臟最弱，自我懂事以來，伴我「成長」的疾病就是「咳嗽」，每到季節變換時，我不咳嗽一陣子，彷彿無以昭告天下「春盡夏至，秋去冬來」；這種狀況直到我上中學後，抵

抗力日漸強壯時才改善，但我也明白我的五臟中「肺臟」要特別保重。去年九月秋遊歸來，我咳嗽許久，X光片顯示有些許氣泡腫大，醫師要我使用治療氣喘的噴藥，咳嗽才受控。疫情在本州爆發前，我遵照家庭醫師指示回診，X光片顯示氣泡依舊腫大，我除遵醫師囑咐繼續噴藥外，也完全忌口不食辛辣，總算止住惱人的咳嗽。如今疫情肆虐，我自知己短，護肺工作更不敢怠慢。今次在自製「蜜製金桔」時，竟有新發現，將我愛吃的薏仁粥內加入蜜製金桔真是別具風味，繼而連早餐的燕麥粥中也放些蜜製金桔，竟也吃出另一番風味。如此一來，單味的「蜜製金桔」，竟被我吃出多種風味來。至此我的護肺食療中又增加兩味，是否也算是「居家避疫」時的額外收穫？緊張心情稍得片刻喜悅。

說來真感傷，居家雖可防疫，但對不愛運動的外子卻是壞消息。正常時日，我總帶著他去購物，推著購物車走上一陣子，既可享受購物情趣，又可活動手腳，對他身心皆有助益。如今他既不能去按摩與復健，又無法到商場舒展身心，身體多處疼痛除靠我這不專業的按摩技術外，他也開始求助於按摩器與止痛藥膏。這陣子他勤於上網搜尋，幾件按摩器與止痛藥膏也令他舒緩些許疼痛。我因自幼體弱，早知運動有益於我，以往每日游泳與散步不間斷，如今健身房關閉後再開放也不包括游泳池，防疫期間我也不願外出散步，平日均以家中跑步機為健身工具。這跑步機比戶外散步有功效，我將其功能調至「上坡」，速度設定在我心臟負荷範圍內，步伐放大，務使每步都拉動大腿根部。跑步機上有自動計時，我手上的運動手錶也能計算步數，每日一萬步是我為自己訂下的規定。當然，這一萬步可分兩三次完成。我更自我要求，在書桌前工作每次不得超過四十五分鐘，必起身休息活動片

刻。如此一來，避疫在家仍保持運動，也是增加免疫力的良策。每想到此，我心情也稍微寬慰。

　　我一直認為讀書與寫作最能安我心，居家避疫心情愁悶，我以讀寫靜心，向熟識的書局訂購許多早已計畫要閱讀的書籍後，我開心地為自己擬定了讀書方案，收到書後我愉快展讀。開卷果然有益，惱人的疫情雖關閉我行萬里路之門，卻為我打開讀萬卷書之戶，讀讀寫寫的日子，沖淡了我對疫情的恐懼。在讀寫的同時我也著手整理舊作，一個半月間順利完成六萬多字新稿，並整理出三十餘篇舊稿，我的新書終於可以出版。奔著目標有計畫前行，我避疫在家的日子好過多了與出版社完成簽約那刻，我問自己，是避疫居家成就了我這本書？還是我編輯這本書的行為，穩定了我那顆忐忑之心呢？

　　就在這步步驚心的疫情期間，我似乎已替自己找到險中求生法的當口，美國竟發生不當執法警察單膝跪頸致死案，非裔美籍人佛洛伊德之死引來全美暴動，許多城市的示威抗議竟變成打、殺、搶的失序行為，頓時，怵目驚心的有形亂象，與無形可見的致死疫情，將我的日子推進入驚恐深淵。我居住城市的鬧區曾因發生暴動而宵禁一週，我也不敢再出門購物，幸好我家所在社區極安全，只是我雖未受實際傷害，但心理壓力卻是極沉重的。

　　兩個多月的疫災與驚心動魄的人禍令我愁煩，幸而我的宗教信仰給我力量，我相信黑暗之後必有光明，終於我等到了好消息。六月的第一日，女兒傳來好消息，她公司的裁員名單中沒有她，為此我壓抑數週的情緒得以舒緩。這陣子夜深人靜時我最為此事煩憂，擔心女兒若被裁員後的心情，愁煩若市場景氣難振，女兒再謀職不易又當如何？樁樁件件是胡思亂想，也是自尋煩

惱，但不能不算是可憐天下父母心，只是又苦了我那顆早已超載煩憂的心情。

不久州政府發布解除居家令，我終於能陪著外子去按摩，又陪著他前往診所做例行身體檢查，當然還要陪他去商場購物。他自知是身背「老、男、病」三大缺失的高危險者，嚴格遵守戴口罩、勤洗手的規則。一日我們購物後已是中餐時刻，我問他是否要去他最愛的海鮮店用餐，他考慮後決定說：「我不要在公共場所脫口罩。」我聽後心甚安，有決心遵守規定，不輕忽疫情，自然能多一分保障。

數月的居家隔離，我幾乎與社交活動絕緣，八年前我擔任本地文藝社團會長，每年至少邀請一位文學名家前來辦講座。今年我終於找到接班人，這位熱心的新任會長，上任後就積極準備為文友們辦聯誼與交流會，無奈自年初起，疫情的威脅與日俱增，不但新春聯誼會被迫取消，讀書會與交流活動也停辦。八年來我負責預訂本市圖書館的活動室為交流會場，圖書館規定場地費在網上繳付後概不退款，也不能改期，今年受疫情威脅，我所訂場地不但允許改期，最後為遵循本市所頒發「禁止疫情期間集會」的政策，而一改往例應允退費；這雖是沒有金錢損失的結果，但我多麼希望日子仍能如往昔，正常的集會交流是文友們所盼望的，我在接到退費之時，心中只覺得有時金錢真非萬能。

就在我們決定將去巴塞隆那、直布羅陀海峽及摩洛哥旅遊的日程，由四月改為十一月時，我與航空公司所達成的協議是：可免費改搭機出遊日期卻不能退款。但在六月初，航空公司主動來函表示同意全額退款。其實，從這陣子的報導中，我已看出疫情前景堪憂，今年底能否解除疫情仍是未知數，機票全額退還實為

幸事，只是我心深處仍希望能安全出遊，但為保平安，接受退款確實為上策。收到退款那日，我心中泛起陣陣失落情緒，心想：我非富貴之人，但這些年的儲蓄早已為退休後的旅遊做好預算，如今卻行不得也，心中自然感傷。

因為對我的肺氣泡腫大問題仍存憂慮，疫情解禁後我立即聯絡肺部專科醫師，經過「電腦斷層掃描」與「肺功能呼吸測試」，醫師判定我肺部雖有些許模糊影像，但並無大礙，我不用回診複查。對這結論我仍感不安，尤其是「模糊影像」令我擔憂，一再追問原因，醫師認為是過敏所致。返家後我沉思良久，決定仍要持續運動，並注重飲食以增強抵抗力，而值此疫情期間，我更要避免染疫，遵守防疫規定也是必然的，面對直接威脅我肺部的凶猛疫情，我的心情格外沉重。

世間事本就是「窮則變，變則通」，有位文友在六月初邀我參加他的線上講座，我聽後甚為欣喜，他不但學養豐富，更行過萬里路，疫情爆發前，我與先生曾隨他前往英倫三島及埃及與約旦旅遊，沿途聽他講述相關文化，獲益良多，如今受邀參加他的遠程講座，我極為開心。回想本世紀初，一位老同學透過網路在外州教我用電腦學習中文打字，我的生活因這項新知識而產生重大改變，如今我時時寫作、常常出書，正是這項學習的成果。現下若能透過網路視聽各地講座，知識收穫必定更豐富，於是我跟著文友們學習，這週聽講蘇軾，下週聽講老莊，還可在家分享朋友的旅遊心得與美照，鬱悶心情舒緩之餘，更為活到老學到老的意外收穫而雀躍。

可惜好景不常，解禁後不久我居住的城市再爆疫情，這個回馬槍殺得民眾大驚失色，州政府只得再出重手下禁令。無奈接連

數日確診人數大增，一再破紀錄的死亡人數更讓人驚恐萬分，尤其從新聞報導中得知，女兒居住的休士頓疫情快速攀升，且染疫者年齡層下降，這消息令我心情煩憂的指數驟升。幸好女兒公司再度發布為期五週的「居家辦公令」，我驚恐的心情逐漸平靜。記得前陣子解禁時，女兒曾說每位員工每日進入辦公大樓後，必須通過額溫檢測後戴上新口罩才能進入辦公室，如今公司的人道規定更令我安心。只是我的一位同窗好友，無法搭機來美參加愛子的婚禮，我雖為她感到遺憾，也衷心祝福這對新人，珍惜在疫情中的婚禮，用心經營婚姻生活，白頭偕老。

2021年夏月又一則壞消息牽動我的情緒。我的一位好友，經營多年的中餐廳面臨歇業命運，接連數日她在電話中向我訴苦，她說：「我不得不歇業卻又不捨歇業。」我在勸慰她的同時，心中也想起數年前我所面臨的景況。我家原經營禮品生意，在百貨大樓中擁有一家占地不小的實體店，原本生意極佳，卻因網路購物盛行後生意開始衰退，苦撐數年，我與外子也嚐盡「不得不歇業卻又不捨歇業」之苦，2016年初歇業前的大拍買場面還不算太難看，雖少賺銀兩卻出清不少存貨，若是硬拖到今日，那份慘況我不敢細想；因為這份經歷，我誠懇規勸朋友，世間事當捨於該捨之時。放下電話，我望著窗外晴朗的日空，衷心為友人祈禱，祝願她寬心。於此同時，我也認真審視自心，這疫情似乎讓我領悟許多人間事。

今年初，我開始僱用一位墨西哥太太到家中來清掃，我請她每月來家一次做大清掃，只因我日漸年老體衰，有人分擔體力活是必要的；這幾月為避疫，我請她休息，直到解禁日才請她再來。她很懂事，不但全程戴口罩，並換用全新清潔用具。臨行時

她感謝我對她的協助，並說這要命的疫情使她流失許多客戶，看著她落寞的眼神，我十分不忍。如今疫情再度升溫，我仍想幫助她，決定不減她的工時，請她依舊來家打掃，但請她使用我們自家的清潔工具，她欣然同意我的要求。我也時時祈禱，祝願大家都平安，更為所有需要工作以維生的人們祈禱，願疫情早日受到控制，讓眾人免於疾病、死亡與失業之苦。

　　端午節過後，一位朋友打電話來說要送粽子給我，她將粽子掛在我家門把上，並附上一小盒她女兒烘焙的脆餅。我收到禮物後打電話去致謝，並問候她的近況。她在中餐廳當服務員，原本有豐厚小費，如今餐廳關閉堂吃，她賦閒在家，不知今夕是何夕，以致錯過端午佳節，只能請我吃節後粽。我問她，是否申請了失業救濟金？她說雖已申請但金額不大。沉默片刻後她又說，她女兒也被私立幼兒院裁員，母女兩人同時失業，我為她們的生活憂慮。說起我這位朋友，原在外州與友人合股經營數家餐廳，只因十年前她丈夫罹患胰臟癌，耗盡家中積蓄，又出售餐廳股權也難救回她夫婿的性命，最後只得搬來本地與兒女同住，努力打工以維生，並逐步償還為夫君治病時積欠的醫藥費，原本就不富裕的生活再受磨難，好在她生性樂觀，依然勇敢面對生活。我得知她的近況後極難過，除為她母女祈禱外，就是提醒自己要惜福。這些年來，我除生意上的挫折外，生活並無大災難，今年的疫情，讓我看到自己的幸與某些朋友的不幸，這幸與不幸間，蘊含多少課堂中學習不到的哲理。此刻我心依舊煩憂，但我已明白，那只是為疫病憂為疫情煩，是一種對天災無奈的煩憂，我不再患得患失，我不再斤斤計較，人只要活著，健康地活著，與家人相互關懷，與友人和睦相處，那就是幸福。

　　六月下旬，我因女兒住地疫情升高而極度慌恐，以往每年美國國慶日，女兒總邀我去她家小住數日，親情團聚的同時也可看到煙火滿天的美景，因為她住的獨棟四層樓樓頂是觀賞煙火的最佳點。今年自年初起，我已有半年未與女兒相聚，思女心切，心中愁苦又再增。夜深人靜時我常不能入睡，想想此生所遭難事，最苦者莫大於三十餘年前父親因腦溢血驟逝的打擊，世間之至痛正是喪親之痛，我餘生最大心願，只願孩兒與親人平安。今年這場疫情令我心憂，沒經過戰禍的我，見到疫情的殺傷力後，我更珍惜生命，更重視親情。

　　就在我的心情因疫情而起伏不定時，為我辦歐洲旅遊的旅行社來電，她對疫情擔憂，更為數月沒生意的多家旅店經營狀況憂心，若我們這團今年底無法成行，延至明年春天是否還能受到同樣待遇她不確定，因為歐洲多國疫情過後，旅遊業者倒閉風潮不斷，她擔心已收訂金的酒店也因難存活而倒閉。我聽她說明後甚為憂慮，隨即與幾位團友聯絡，他們雖分住在全美各地，但對疫情的前景都有著相同的憂慮，一致同意取消行程，寧可被扣些手續費也要退回訂金。我在通知旅行社辦理退費的同時，也看懂美國各地友人對疫情的憂慮，這場讓世界變色的疫病，它將人類的未來推向無法預知的深淵。我思來想去，不知是久享太平的世人因輕視疫情而陷入如今這窘境，還是這威力無比的疫病高估了人類的承受力，也許這場史無前例的疫情浩劫是在教育全人類，當人們看懂疫情本質時它自會停止。

　　每年夏季達拉斯總有數月高達華氏百度以上的高溫，人們在酷熱的夏日放慢生活步調，做好防熱準備，我在此生活二十餘年後，每至夏日仍難適應，人既如此，想來病菌亦然，這正是我

早先樂觀以為疫情會在夏季消失的主因。如今頑強的病毒更以事實證明，夏日炎炎中疫情依舊在。只是今年自時序進入「小暑」後，幾場大雨彷彿阻止了氣溫的攀升，至今正午的高溫仍接近華氏百度，以往銳不可擋的暑氣至今未現，我不禁懷疑，若氣溫再升高，是否能遏止病毒蔓延？但當我從新聞報導中得知，全球染疫者已超過一千三百萬，死亡人數也破五十萬，如此驚人速度足令世人嚇破膽，又豈是持續不斷升高的氣溫所能遏阻得了的呢？

再看看不斷攀升的染疫確診與死亡率，更加上遙遙無期的疫苗研發成果，這場人類與疫病的對抗，我看不到盡頭，所有的仍是心頭無法承受的憂思。

2015年我罹患青光眼，突然高升的眼壓，在短短數週間奪走我右眼的部分視力，兩次手術後，專科醫師以準確的治療法與有效新藥物控制了我的病況，也保住我右眼的剩餘視力，同時預防我的左眼病變。這些年我對精進的醫學充滿信心，我仍願相信控制疫情的疫苗即將問市。

上週我聽聞友人先生公司的同事染疫後，心中突然有感：同樣的疫病，為何擇人而棲？而同樣的染疫者，卻又有生與死之不同境遇，如此看來，染疫與否，或染疫後的結局如何，關鍵在於人而不全在疫病，如若平日不輕忽疫病，又遵守防疫規則，更注意飲食起居，是否即遠離疫病的良策呢？

想到這，我精神為之一振，又想起我與外子的遭遇，這數月來，本地醫院在面對內科門診病患時多改以視訊問診，對於醫師必須親自看診的病患，除急診外，多數慢性病都延期看診。以我的青光眼為例，今年開春後因疫情爆發，我一直未回診，最後醫師為我安排的回診日期是在八月中旬；算算我原應每四個月回診

一次的安排,竟拖了雙倍時間,幸虧藥物使用不斷,居家物理治療也遵照醫師囑咐行事,我的病情並未因回診延期而惡化。如此看來,許多病症的防禦與治療,重在病人本身,一位聽從醫師囑咐的病人,必能受到應得的醫療結果。

想通這疫病與病者間的關係,我對此次疫情的煩憂雖依舊在,但我已學會理性面對與疫情息息相關的問題,不再有莫名的煩躁與無知的憂思。

驚險返鄉路

因為特殊原因，我必須在2021年九月二十日前返台。

五月下旬我訂妥往返機票時，台灣已爆發疫情。我是樂觀主義者，總認為疫情會很快結束，只是查閱疫情期間台灣的入境須知，條條款款對我而言都是新鮮事。尤其是PCR證明，因有時效限制，而實驗室送報告的時間無人能掌握，我較擔心。但無論如何，我在隔離期間都須住防疫旅館，先預訂好住處最重要。我訂旅館時才知，這家防疫旅館規定我「自主隔離期間」仍不能外出，而我早先已請問過衛福部的工作人員，回答是：隔離十四日後我可返家，也可外出辦重要事情，但一定要戴口罩，並避免出入人潮眾多處，也不能進餐廳用餐。我當時就是依據這原則預訂返美的回程機票，此外我還須另訂隔離後的旅館。非常意外，以往我熟悉的兩家旅館，都不接受我這種剛結束隔離的客人，幸好找到一家品級還不錯的連鎖旅館接受我的入住，只是不提供我到餐廳吃早餐，因此將從房費中扣除我的早餐費。也如隔離旅館一般，我入住期間服務人員不進房打掃。這兩點我都能接受，於是返台的住房大事搞定了，返鄉路又前進一大步。

距離返台日還有三個多月，原以為此刻我的心情將不會再受到數月後行程的影響，誰知剛安排好返台住處後，就接獲返台班機提前一日的通知，我急忙聯絡兩家酒店更改入住日期。這次因疫情，多家航空公司都有調整航班的情況，令我警覺到往返班機的不確定性，更因為返台登機前要查看的PCR證明有時效性，這

是我最無法掌握的一環，至此心中增添幾分煩憂。好在朋友又介紹一處免費PCR檢測實驗室給我，當日就可收到檢測結果，且不須事先上網預約檢測時間，為我在期限內拿到檢測證明又多一層保障。

原以為就此可平靜地等待順利返鄉，誰知登機前六週，我因急性盲腸炎入院開刀，當醫師來通知我時，我只問道：「六週後能否搭機？」答案是肯定的，我安心接受手術。誰知順利手術後第二週我的傷口感染，而且是令人擔憂的「蜂窩性組織炎」。好在治療及時，在出發前兩週醫師終於批准我可搭機。我也開始著手準備返台時贈送親友的禮物。

終於到了我做PCR檢測的日子，我在預約的時間前往檢測，卻發現那處所無預警地關閉了，連忙上網又預約了一家藥局，但時間緊迫不確定能否在我需要的期限內拿到證明。只剩最後一處不須預約且當日可拿到報告的實驗室，我一連去了二天，第一日深夜拿到的報告，正合期限，我安心入睡，心想返鄉之路愈來愈近，也必順暢吧！

誰知半夜醒來收到航空公司傳來簡訊，我回程的直飛班機被取消。我急忙與台北總公司聯絡，得知有轉機航班可搭乘，機位無虞。此事辦妥後我心中仍憂慮，擔心去程也會變卦。果然24小時後，我收到去程直飛班機也被取消的簡訊。當時已是台北的週末，我擔心若二天後才能收到確認轉機機位的通知，將影響我只剩一日的出發時間，幸好那個週末台灣各地因中秋節連假而預先補上班，我的機位很快被確定。至此，我返台日期未變，入住旅館的時間也無須更改，我大大地鬆口氣，靜待搭機返鄉。

雖然轉機增加了我的體力負擔，也花費較長的等機時間，但

平安抵達桃園機場那一刻，我心情是激動的。尤其當我通過疫檢站，看到站在關卡的工作人員，我竟熱淚盈眶，不只為我這些日子的忐忑心情，更領悟到：多少人為守護國人的健康而辛勞，我為此多費些心力也是應該的。

隔離記

　　自從我決定九月中旬返台後，朋友們關切的簡訊不斷傳來，千篇一律地在提醒我要正視隔離的「無聊」、「無奈」、「鬱悶」與「孤寂」，我卻對自己的獨處能力有信心。

　　雖然要面對長達兩週的隔離，但因我是在中秋節前返台，清晨四時到達桃園機場後，仍遇到大批返鄉旅客。出關前我經過租用手機、檢疫後，才去領取行李，又留下採檢唾液，排隊等防疫計程車時，我已下機三小時多了。依照防疫旅館早先的通知，我在到達旅館前須與他們聯絡，他們將派專人到「側門」為我消毒、量體溫。幸好計程車司機熟知一切，我順利抵達旅館側門，消毒完畢後，我被告知房號，並得知房間門已打開，我入住即可。此刻天雖已大亮，但我獨自步入清冷走廊再搭乘電梯時的心情有些淒然，尤其對走「側門」一事格外悵然。

　　我的房間在七樓走道的盡頭，室內還算寬敞，我訂的又是陽台房，光線充足，扭轉了我鬱悶的心情。仔細打量自己將獨處十五日（實際的隔離日是從入住次日起二週）的房間，整潔的床褥與浴室，在隔離期間是無人來為我打掃的，一切均須自理，旅館為我準備了全新的清潔劑與工具，唯一缺點是清掃地毯的刷子太小，我會做得較辛苦。放置好衣物後我立刻梳洗，然後開始閱讀已略知內容的防疫細則，每日我須測量體溫並向櫃檯人員報告，時間分別是早上九點和晚上八點，此外中午十二點前須上網預訂次日的三餐，下午二點收垃圾，這些都是我隔離期間要注意的時

間，於是我在手機上設下了定時。擔心時差，我日間不敢睡覺，取出準備好的書籍，開始我隔離期間的閱讀計畫。一陣敲門聲將我帶入現實，原來是午餐時間到了，我戴上口罩打開房門，見門口放著兩個紙箱，較大的那個當桌子用，上面放著我的午餐，旁邊有個敞開的矮盒子，被套著塑膠袋，是放垃圾用的。

今早剛入住後，我的第一頓隔離早餐是燒餅、油條、豆漿，吃得我很開心。中餐是三杯雞肉飯，菜色葷素均衡，味道正宗，今天的餐飲非我所選，但我都很滿意，心中對隔離餐的預設成見已改觀。我的門鈴整日響不停，老同學為我送來當季水果，十分可口，外甥女為我送來我預訂的書籍及我愛吃的蛋黃酥與月餅和豬肉乾、牛肉乾，不久又收到市政府送來的「關懷包」，內有餅乾、燕麥、泡麵、溫度計與口罩，想到我隔離期間飲食豐足，心中大喜。

隔離的原則是：我只能接受「外援補給」，個人物品不能送出，唯有垃圾及使用後的浴巾，須包紮妥當後放在門外盒內待收。我須自己洗衣後晾曬在浴室，發覺浴室十分潮濕，於是向工作人員借來除濕機。得知我可戴著口罩去陽台「放風」，我的心情感到雀躍，走在僅有七步之寬的陽台，享受著從幢幢大樓間灑入陽台的秋陽，再回到房內踱著十四步寬的方步，我每日盡可能保持著必要的「運動量」。

度過前兩日的昏睡期後，我的生活逐漸正常，忙著閱讀、清掃、洗衣、量體溫、訂三餐。我感覺每日睡到自然醒，三餐無憂的日子甚是愜意，朋友們都因我的表現而對隔離「改觀」。一晃十一日過去了，我驚覺已十一日「未見人」了，即使旅館對街的大樓中住戶也不曾現身，唯一與世間的接觸是電話及網路。直到

第十二日清晨，我終於看到對街大樓中有位到陽台來曬衣服的婦人，我好開心！

　　出關前二、三天我分別做了快篩與PCR測試，知道解除隔離的日子近了，我竟然有些不捨，七十年來首次的「隔離」我竟過得甘之如飴，隔離其實並不可怕。

友情與親情伴我隔離

　　我住進防疫旅館後不久，就收到櫃檯送到門外的兩袋禮物，那是老友梁送來的關懷。包括時鮮水果與「近紅外LED照護燈」，提在手裡沉甸甸地兩袋禮物，是梁頂著燠熱的秋陽，轉了兩趟車才送到的。見到久違的蓮霧與文旦柚，及我愛吃的火龍果，還有口感不同於在美常吃的本地香蕉，更有我只喝過果汁從未嚐過果粒的百香果，心中極為感動。尤其當我得知梁在前一日剛動過小手術，割除耳邊的一粒小肉瘤，傷口還滲著血水就趕來為我送關懷，我潸然落淚。

　　晚上睡前，我打開梁送來的照護燈，如冬陽般的暖意滿滿地照在我的身上，補充著我出門前不久動手術所失去的元氣，直沁我心扉的不只是這有形的燈光，還有著我倆半世紀的情誼。

　　要照顧三個小蘿蔔頭，又要協助丈夫打理二處夜市店面的外甥女，在我入住當天，就與夫婿四處張羅購買我的最愛，包括一小盒蛋黃酥、豬肉乾、牛肉乾和飲水，還幫我到書店去拿我預訂的書籍，送到旅館裝滿了整個小推車，我收到時心中倍感溫馨。每次我返台，他們總搶著接送、跑腿採買、請客吃飯，這次我在隔離期間，他們更不時送來關懷，我妹因摔傷腿後行動不便，這小夫妻倆更代替我妹多盡一份關懷，我甚感歡欣。

　　同事情誼將近四十年的儀姐，得知我已入住防疫旅館後，問我要了旅館地址，說要「表示一下」。我擔心她的身體，將近八十高齡的她，今年初才經歷一場有驚無險的小中風，疫情開始

流行前她剛做完復健，如今正康復的身體，萬不可因趕來給我送禮物而辛勞，但看到我婉謝她來送禮物的簡訊後，她卻「已讀不回」。

　　數日後的黃昏時分門鈴響起，我開門見不到便當或禮物袋，卻見到桌上放著一封限時信，信封上波浪型金黃色斜紋，在昏暗的走廊燈下閃爍著令人歡喜的柔光，我認出信封上儀姐的筆跡。二年未見，她的毛筆字跡更加精妙，勁健的筆力中帶著幾分難得的灑脫，誠如她隨和的個性。見她在信封上貼了「紅心」與「玫瑰」，就已領受到她的熱情，迫不及待地拆開信封，滿紙的問候與兩株立體玫瑰花貼紙，和一顆「紅心」貼紙相互映照，對我這個在「禁閉」中的老友表達了熱情的歡迎，再看到信封左下方端正地蓋著她笑臉迎人的大頭照圖章，我感動得熱淚盈眶。立刻給她回簡訊道感謝，並說這封信與情誼我都會珍藏。

　　兩天後我又收到儀姐寄來的第二封限時信，同樣色澤的信封上，貼著我未見過的郵票──她個人大頭照製成的郵票，我喜愛極了，於是我的收藏中又增添了一份難得的驚喜。隔離期間，我共收到四封儀姐寄來的限時專送，專送著真誠的關愛與珍貴的友情，值得永遠珍藏。

　　隔離後的第一個週末，老友梁在夫婿的陪同下，專程從三峽家中開車到新店，為我選購美味的涼麵、韭菜盒子，還買了滷蛋與雪裡紅，都是我最愛吃且在美國不易嚐到的家鄉口味。聽說我愛吃文旦柚，隔離的第二個週末，梁與夫婿又送來些水果，外加我從未吃過的剝皮辣椒口味香腸，與風味絕佳的綜合豆類素粽。這份情誼，豈是一聲「感謝！」所能表達的。

　　防疫旅館的三餐雖有變化，但只以一週為期，進入第二週

後，餐飲就與第一週相同，我有些膩了。外甥女得知後體貼地為我叫外賣，蟹粉小籠包、涼拌木耳、酸辣湯外加甜點迷你芋泥包，我吃得開心又感動。

　　隔離期間，我手機上的簡訊不斷，各地老友時時傳來的關懷，及台北當地老友與親人們的情誼，讓我在倍感溫馨的情境中度過隔離期。

輯二

回味無窮

我讀《棄貓》

2020年九月底，我看到村上春樹的新書《棄貓》將出版，由內容簡介中得知，藉著一隻「棄貓」，作者談到他與父親的往事。我本就喜愛村上春樹的作品，如此的內容更引起我的好奇。於是寫email向譯者賴明珠道喜，恭喜她又有新譯作出版，我認為她最能掌握作者心意與文意，又有深厚的中日文造詣，因此總能譯出佳作，沒想到竟獲得她簽名贈書。

閱讀前我翻看書中多張有貓兒的插圖時，不禁想到自己對寵物有份歉疚，因兒時家貧數度放棄收養流浪貓狗的念頭。來美後，收養流浪貓和認養棄貓是我與女兒最熟悉的事之一。後來在文中看到作者與父親送走無力飼養的貓兒時，我心不捨，但見到棄貓比他們父子還早返家後，我心中充滿欣喜。

讀完全書後我再度感受作者敏銳的觀察力，在發現棄貓比他們父子早回家時，作者寫道：「父親由驚訝轉為佩服的表情，然後再轉為像是鬆一口氣的模樣。」他察覺到父親情緒的變化，因而聯想到父親的身世，由於家中子女眾多，作者的父親曾被送到寺院當見習小和尚，那段經歷可能在他心中留下很深的傷痕，那種被「棄養」的悲哀，作者雖沒有經驗但他從他父親的身上嗅到了這種氛圍。

這份觀察與聯想是很有深度的，作者由此論點來描述他對父親的記憶，使得這本僅百頁之書籍的份量更形厚重。不知為何，看到這兒我竟想起日本古代的「棄老」風俗，也許因為我看

懂了這種「棄」的源頭是「貧」吧！我原以為「棄」的本質中有「厭」，那麼「捨棄」的同時正是要「割捨」一段急於結束的「情」。但當「棄」中無「厭」，心中那份「不捨」是很令人傷感的，從這個角度來讀《棄貓》，我看到作者悲天憫人的情懷。

　　閱讀第一遍時，我未能完全領悟作者這份情懷與他敘述父親生平間的關聯。再次閱讀，我明白作者父親心中的陰影，均因曾被派遣到中國參加戰役，更因親身經歷殺害無抵抗能力的中國俘虜而留下了「心理創傷」，作者甚至認為他自己也繼承了這種創傷。我想作者父親會有此種創傷感，源自幼時曾入寺做過小和尚，戒殺生的認知自幼在他心中萌芽，成年後自然對曾犯過的殺戒耿耿於懷，進而影響作者的認知。

　　作者因為明瞭父親這種「心理創傷」，遂欲探究父親在中國戰場的隸屬部隊，但他一直擔心他父親被徵召入伍時，分發到第十六師團二十連隊與血腥的南京戰役有關，因此沒心情調查他父親的從軍紀錄，最後確認他父親是在南京戰役後一年才抵達中國，他因此鬆了一口氣，並開始調查他父親的從軍紀錄。

　　作者在書中多次述說他父親熱愛作「俳句」，顯然在突顯藉著文字的渲染力，可平復那顆受創於戰爭陰影傷害的心靈。我甚至覺得，作者在文學創作上的卓越成就，也萌芽於他明瞭心靈平靜與現實環境的關聯後。人生在世，若能將現實環境的無奈感，抒發於某種傾心的創作情懷中，定能平復受創的心靈，如此將負面情緒轉化為正能量，必能激發內心創作潛能。

　　在短短百頁的書中，作者藉著追述父親的從軍史，明確表達他的反戰情緒，並以父親每日晨間的誦經習慣，來說明他父親參與戰爭的無奈。閱讀到此我深深有感，我的父親參加過八年抗日

戰爭，雖受過傷，仍幸運存活，如我父親這般所有經過這場戰爭的中國人，他們的經歷不容被竄改，村上春樹正視這段史實的態度令我敬佩。

除敘述父親的從軍史外，全書從一隻棄貓寫到作者對父親的追憶，看似充滿矛盾的父子關係，卻有著深不可測的親情，這種寫作技巧很有深度。儘管作者追憶他父親對他學業成績失望，儘管他父親不滿意他成為職業作家，但作者已於字裡行間表達他的個性與價值觀都來自父親。作者在敘述人物生平具體事實的同時，也間接分析探究了事實的深層面，這種表達方式頗有特色，也為我學習書寫人物生平創下另類典範。

讀完此書後我深深有感：書籍無論篇幅長短，能展現正面思維並引發讀者共鳴，就是值得一讀的好書。

品讀《望鄉的牧神》

韓秀姐知我常寫遊記，建議我不妨閱讀余光中教授著的《望鄉的牧神》，以期開拓書寫遊記的視野。

◤余光中《望鄉的牧神》封面。

我收到書後仔細閱讀，非常喜歡這本內容豐富、文字優美又開創台灣旅遊文學先河的好書，尤其面對優美如詩的詞句，及兼論古今、並述中外的篇章，品讀好書的愉悅之情，令我不禁要記下感受。

其實這本書只有前面五篇是遊記，也就是作者所謂的「新大陸江湖行」，在其後的十九篇評論文中，我不僅見識到作者學貫中西的豐厚學養，更欣賞到他散文中的詩情，論文中兼有的清新散文與抒情風格之特質，細細品味每一篇章，知性與感性兩方面都收穫豐碩。

第一篇〈咦呵西部〉，寫的是作者駕車由美東往西行的沿途情景，透過生動的描繪，美國大西部的遼闊景觀躍然於紙上。其實只看篇名「咦呵」二字，我彷彿就聽到人在曠野中的吆喝聲。說起這段路我是熟悉的，外子出生於猶他州，上世紀末期，我與他曾多次輪流駕駛於由俄亥俄州到猶他州的路段上。品讀作者的描述後，這條高速公路的景觀又浮現於我腦海中，只是我當時觀察的角度遠不及作者仔細，我只看到無數車輛奔馳於寬廣的快捷

道路上，而作者則將轎車比為豹群，將無數超載卡車喻為氣喘咻咻的犀牛隊，他稱自己所駕的白色道奇為白豹，他認為是平直且寬闊的超級國道引誘人超速超車，並將國道上的景觀描寫得有形有味：「近處的風景，躲不及的，反向擋風玻璃迎面潑過來，潑你一臉的草香與綠。」此外，我當時只看到日光在曠野間規律地運轉，作者卻能生動描述為：「滾滾的車輪追趕滾滾的日輪。日輪更快，旭日的金黃滾成午日的白熱滾成落日的滿地紅。」字裡行間揚起了塵煙，也散發著令人窒息的滾滾熱浪與迷人的夕陽美景。讀到以上敘述，不禁為我記憶中陳舊寬闊的西部景觀，著上了鮮明難忘的色彩。

　　「南太基」是我完全陌生的地方，卻在看到這篇文章〈南太基〉之初，全然被作者的描述吸引。文章一開始，我就讀到不俗的描繪，甲板上的風在作者筆下生動地吹起，輕盈地、凜冽地、浩蕩地躍然於紙上：「先是拂面如扇，繼而浸肘如水，終於鼓腋翩翩欲飛。」如此細膩的描繪，我的臉、肘、腋都感受了風的到訪，於是我隨著作者的渡輪出海，隨行的還有十幾隻海鷗，我隨著作者一同欣賞海鷗與風的交會，直到夜色漸濃，迷茫於海天之間，分不清是天欲掬海，還是海欲掬天。終於，風將乘客由前甲板趕到後甲板，在昏矇的天色中，作者竟能從一對母女相對而笑的瞳仁中，瞧出一些淡淡的波影，這是何其微小的描繪，與曠渺海域及蒼茫的夜空形成強烈的對比。航行於黑暗與汪洋中的渡輪，令作者有充分時間細讀一切，讀天，讀夜，讀海，竟使他累了！倦了！睡了！直到船靠岸。原來作者來此，是為了翻譯《白鯨記》書中所引的〈南太基〉這章，只為能良好把握書中的氣氛，可見其認真態度。

　　下船後，走在人影漸稀大街上的作者，經由警察指點才找到客棧的他，竟幽默地用「白鯨」二字的羅馬拼音為名來住店，我讀到此也不禁莞爾。從清晨雨聲與沁入窗扉之寒氣中漸漸甦醒的作者，見天色尚未明，遂展開〈南太基〉篇閱讀，隨著他節錄的篇章我初識〈南太基〉。就在閱讀間天色漸明，我欣喜地看著作者推開窗扉，讓透過樹葉閃入的金黃色光芒映在我眼前，伴隨著雨水清洗後的那份舒爽，我盡情享受閱讀之樂。欣賞作者描繪景致是一大樂事，躍然於字裡行間的是生動如畫的街景，我彷彿見到雨後一片清新的榆樹，與街道兩邊紅磚上參差縱橫的樹蔭。

　　早餐後作者租車出遊，他筆下南太基的清晨美極了！「叢叢盛開的白薔薇紅玫瑰，從乳色的矮圍柵裏攀越出來，在蜘蛛吐絲的無風的晴朗裏，從容地，把上午釀得好香。」又寫到：「還有好多紅頂白牆的漂亮樓房，賴在深邃的榆陰裏不出來曬太陽。一出了橙子街，公路便豪闊地展開在沙岸，向司康賽那邊伸延過去。」我原以為南太基是貧瘠荒涼的漁港，卻意外見到鮮花綠蔭，雖沒見到巨鯨，仍對此地留下好感。

　　〈登樓賦〉是作者登上紐約帝國大廈的感受，他從進入紐約三英里路外開始描述，未進城前已感受到紐約的快節奏，他用以下話語形容著：「紐約是一隻詭譎的蜘蛛，一匹貪婪無饜的食蟻獸，一盤糾糾纏纏敏感的千肢章魚。進紐約，有一種向電腦挑戰的意味。夜以繼日，八百萬人和同一個繁複的電腦鬥智，勝的少，敗的多，總是。」這份形容很恰當，像是位久居紐約人的觀感。

　　穿過林肯隧道，作者用另一番描述來形容他眼中的紐約：「大家吁一口氣，把車窗重新旋開。五月的空氣拂進來，但裏面

沒有多少春天，聞不到新剪修的草香，聽不到鳥的讚嘆。因為兩邊昇起的，是鋼筋水泥的橫斷山脈，金屬的懸崖，玻璃的絕壁。」我喜歡這樣的描述，用花鳥香草與鋼筋水泥及金屬、玻璃對比，非常生動。

在擁擠的紐約街頭，可能有全世界各種民族摩肩接踵，作者用以下這段話來形容其中的突兀：「行人道上，肩相摩，踵相接，生理的距離不能再短，心理的距離不能再長。」說得多好，寫盡繁鬧都市中人與人間的冷漠。但我總好奇，這無邊無際的冷漠，又如何築構起這城市的繁榮？

上世紀末，我曾去過帝國大廈，站在其腳下仰視偉壯的它時，我僅在心中默默讚嘆，作者卻能生動形容道：「昂起頭，目光辛苦地企圖攀上帝國大廈，又跌了下來。」這是多麼生動、貼切又有特色的描述，人只須轉動眼球就能望盡視野所及處，但此建築物之高，連視線攀爬都很吃力，如此不僅道盡攀樓之辛勞，更突顯建樓之不易。寥寥數語意盡言全，實為難得一見的大師手筆。

當作者登上一百零二層高樓，紐約這座名城在他腳下，所有的著名建築都變得渺小，像積木，像侏儒，登高望遠的感覺正在於此，而作者心中所惦念的只有遙遠的故鄉，與美麗偉大的什麼？我猜，是故國文明文化吧！

〈望鄉的牧神〉是敘述作者在學生家中過感恩節的經過，文章從對秋的描繪說起：「中西部的秋季，是一場彌月不熄的野火，從淺黃到血紅到暗赭到鬱沉沉到濃栗，從愛奧華燒到俄亥俄，夜以繼日地維持好幾十郡的燦爛。」多真實又細膩的描繪，從樹葉顏色上的變化跳躍於字裡行間的色彩，一點點開啟我記憶

的匣子，喚起我居住在俄亥俄州唯一的秋季。一段塵封已久的記憶，卻因作者細膩描繪而重現，於是，我想到來美的第一個感恩節，藉著作者之描述，我品讀了一位遠離故鄉者，在北美友人家中歡度感恩節的經過，我也將當年的那份心情重新回味了一番。

　　很喜歡作者如此形容秋：「就這樣微酡地飲著清醒的秋季，好怎麼不好，就是太寂寞了。」他寫出詩人對北美秋高氣爽的陶醉，也道出獨在異鄉為異客的寂寞心情。記憶中我在北美經歷的第一個秋季是多彩多姿的，楓葉與南瓜的鮮豔色彩令我雀躍於秋的豐美中，而與離別數月的外子從此相依相偎的喜悅，更是這個季節最大的歡喜。

　　幸好！一位靦腆的金髮學生勞悌芬，邀請作者回家過萬聖節，這不是如感恩節與耶誕節那般重要的節日，但卻是西方國家的傳統佳節，到當地人家中過節，定能感受到這節日的特色，尤其勞悌芬家有農場，更能體驗農家人過節的樂趣。去農場的途中，他們在一小湖邊停下，站在湖邊，作者用土耳其玉及普魯士藍來形容湖水的色彩，這美麗畫面使他憶及印象派畫家莫內與席思禮。閱讀到此，我更感佩作者淵博的學識。其實，勞悌芬停車於此的主要目的是要光顧一家雜貨店，買些竿竿糖，只為幫助那位生意欠佳的老太太，好可愛、好純樸的大男孩。

　　到達勞悌芬家後，他將作者介紹給家人的同時，作者也明快地描繪了勞悌芬父母與幼弟的外貌，及他對這家人的觀感，簡明扼要地說清楚、道明白一切，是非常值得學習的寫作技巧。次日作者在勞悌芬的帶領下前往橡樹林打獵，在他們打到獵物前，作者有段敘述非常生動：「天氣依然爽朗朗地晴。風已轉弱，陽光不轉瞬地凝視著平野，但空氣拂在肌膚上，依然冷得人神志清

醒，反應敏銳。舞了一天一夜的斑斕樹葉，都懸在空際，浴在陽光金黃的好脾氣中。這樣美好而完整的靜謐，用一發獵鎗子彈給炸碎了，豈不是可惜。」美好景色與寧靜被打獵破壞的確可惜，這「靜」與「動」、「美」與「殺」，是強烈對比，作者以對比方式表達不同觀點下的迥異行為，其發人深省之用心，我感受深刻。

打獵途中，作者見識到美國鄉間孩童歡度萬聖節的情境，也見到農地中已收割作物的殘梗餘枝，這幾段敘述中，我最喜愛他描述走入雜樹林中腳踏在厚厚落葉上感觸。雖是踏在落葉上，他早已看清落葉的種類，於是他簡明敘述樺、楓、橡樹的葉形：「卵形而有齒邊的是樺，瘦而多稜的是楓，橡葉則圓長而輪廓豐滿。」我讀到此有些遺憾，住在俄亥俄州時沒注意觀察楓樹的形貌，更沒仔細體悟秋季落葉時，大地在肅殺與豐美間，隱含著無限哲理。作者敏銳的觀察力與生動又細膩的描繪手筆，令我對秋季又添一層認識，更感受到他獨自在異鄉為異客的孤獨心境。

本書中有關旅遊的最後一篇是〈地圖〉，我讀來感觸特深。自2000年初開始的十年間，外子與我因經商每年有兩次駕車遠行的機會，我雖偶爾幫忙駕車，但多數時間我負責看地圖及訂旅館、找加油站和休息站。那年代，手機的萬用功能尚未開始，每年初我們會買本新地圖，將舊地圖上有用的資訊謄寫於新地圖上，我十分喜歡那種保存記憶的方式，邊書寫邊回憶。閱讀至此，我反覆咀嚼作者的心境，他說：「在異國的大平原上嘯過多少州多少郡的空寂。」我比他幸運，我與外子同行。他又說：「只有它們的摺縫裏猶保存他長途奔馳的心境。」這篇文章中作者以第三人稱的形式來描述，我很喜歡他如此懂得「地圖」，也

遺憾我並未好好保存那些伴我走南闖北的夥伴。

　　繼續閱讀，我發覺作者與地圖的感情非同一般，地圖對他是知性的獲得，是感性的領悟，更是欣賞一幅幅動人的美圖，於是他筆下的地圖有了具體形貌：「蛛網一樣的鐵路，麥穗一樣的山巒，雀斑一樣的村落和市鎮，雉堞隱隱的長城啊，葉脈歷歷的水系，神祕而荒涼而空廓廓的沙漠。」這段敘述彷彿也將生命賦予地圖，它，不再只是紙上的圖而已。讀罷此章我不免感慨，在旅途中，萬能的手機似乎大大地疏離了人類文明以來與地圖所建立的深厚情誼。

　　當我看到作者有優異的畫地圖能力時，非常羨慕。但繼續往下看，我感覺，年輕時代的作者，他嚮往國界紛繁、海岸彎曲的歐洲，一種很純粹的嚮往，他也不解秦王、亞歷山大等人的一些想法。這些「嚮往」與「不解」都由繪製地圖而來，我想他所繪製的地圖，已承載了史實，至此，我看到作者意識中廣義的「地圖」，我終於明白作者心中與筆下的地圖，不僅僅只是山川、流水、城鄉與道路而已。

　　《望鄉的牧神》是我近年來閱讀時間較長的書籍之一，許多篇章我不知閱讀了多少遍仍意猶未盡，如那五篇新大路江湖行，悠遊於暢如流水、美如仙境，又精湛不俗的篇章中，我覺得有學不盡的寫作技巧，又有品不完的深邃意境，我將不斷再讀並深思。

　　但對其中十九篇文學評論，我讀來仍有多處感到深澀難解，許多問題我將回歸到從基礎課題上尋求認知，願能因此而明瞭作者論述的精義，如今只能寫下極少許篇章的讀後感。

　　〈老得好漂亮──向大器晚成的葉慈致敬〉是一篇非常有特色的評論。我對葉慈與艾略特的作品都不夠熟悉，但讀此文時

感觸甚深。起初，我被題目的表面意思吸引，但很快就看懂作者是以艾略特與葉慈的詩作對照式地探討賞析，作者在文章初始即道出論點：「艾略特的發展比較平穩，他的天才是早熟的，但並未早衰；葉慈的發展是迂迴而多突變，他的天才成熟得很緩慢，整個過程，像他詩中的迴旋梯一樣，呈現自我超越的漸次上升之勢，而抵達最後的高潮。」在這明確的論點下，作者隨後做賞析式的解說。首先說到艾略特：「早熟的艾略特，一出手便是一個高手。他在廿二歲那年寫的處女作，〈普魯夫洛克的戀歌〉，在感受和手法上，已經純粹而成熟，且比同時代的作者高明得多。」至於葉慈則不然：「一九〇八年，四十三歲的葉慈已經是愛爾蘭最有名的詩人，且已出版了六卷詩集，但是他較重要的作品，那些堅實有力的傑作，根本尚未動筆。如果當時葉慈便停止創作，則他充其量只能算是一個次要詩人（minor poet），甚至只是一個二三流的作者。」讀到此，我看明白此篇所要表達的深意。

　　作者接著說明，葉慈的詩作，無論深度與濃度一直都在與時俱進，並說：「他的創作生命愈益旺盛，他的風格愈益多變。」旺盛而多變的原因是，他向年輕詩人龐德學習，為自己詩作注入新生命，致使創作更精湛，當我讀到「尤其可貴的是：葉慈的好幾篇重要作品，都完成於七十歲以後，死前四個多月寫的〈班伯本山下〉（Under Ben Bulben），仍是那麼蒼勁有力」，甚為感動，真正的強者永不自滿，虛心學習是更進步的不二法門，這原則對所有想進步的人皆受用。

　　接著作者又以華茲華斯的「反高潮」現象相比，中年後的華茲華斯雖寫作不輟，創作力卻迅速衰退，只因他欠缺自我批評

的能力。兩相比較後，我更相信中國古人所說：「謙受益滿招損。」作者更以《失樂園》的作者米爾頓為例，說明他與葉慈相似，都是晚年作品較早期為佳，只是米爾頓六十六歲即過世，我想這在說明米爾頓晚期作品不多的原因。

　　隨後作者更舉例說明葉慈早期作品的詩質較低，他說：「〈湖心的茵島〉一首，除第二段頗具柔美意象外，通篇皆甚平庸。而第二段的所謂柔美，也不過具有十九世紀中葉『前拉菲爾主義』（Pre-Raphaelitism）那種恍惚迷離，帶烟籠霧的感傷色調罷了。」讀到此，我對作者評論詩作的功力更為欽佩，不僅道其然更道出其所以然，並深入分析所以然，我想無論評論詩作或文章，把握這原則必能令讀者信服。

　　作者再深入論述葉慈晚年作品精進的主因是：「他能夠大徹大悟，打破自己的雙重束縛，奮力超越自己。」出生於愛爾蘭的葉慈，他五十七歲前的愛爾蘭只是英國的一個藩邦，在文化上也是一種弱小民族的小局面。就整個英國而言，正是維多利亞時代的末期，也正是浪漫主義之沒流，也就是說葉慈的早期，面對了對他最不利的條件。

　　讀到這兒，我發現作者對葉慈作品的評論非常有創見，他認為葉慈的詩作，由早年浪漫而朦朧，演變至中年以後的堅實、充沛、繁富、新鮮且具有活力，完全是他內在思維變化所致。作者論述道：「論者總不免要提出他如何效法布雷克，如何從東方哲學和招魂術、神祕主義等等之中，提煉出一套個人的神話和象徵系統，作自己寫詩的間架。」而讓我感到最驚訝的是以下這段話：「我愈來愈感覺：葉慈詩中屢次暗示的正反力量相剋相生互為消長的信念，相當接近中國哲學的陰陽之說，而他所謂歷史與

文化的週期性運動，也令中國的讀者想起，《前漢書》中所謂周德木漢德火的朝代遞換原理。」這位偉大詩人受中國哲學思想影響如此重大，他更能用超人智慧體驗並激發出極有特色的思維，藉詩文以傳世，真令我佩服。此外我更佩服他「雖然悟於心智日益而形體日損之理，但對於老之將至老之已至仍不能不既怒且驚」，這點我格外感動。目前的我，行年雖已至「從心所欲不踰矩」之齡，但常因病痛而自怨自艾，希望藉著多讀大師們的論述與詩作而建立正向人生觀。

在這篇文章中，更引我深思的一段話是：「暮年的葉慈，確實能做到『冷眼觀世，熱心寫詩』。惟其冷眼，所以能超然，能客觀；惟其熱心，所以能將他的時代變成有血有肉的個人經驗。」這是多麼令我深思的話語啊！讀到此，我完全明瞭作者認為葉慈「老得好漂亮」的原因。

在作者結束論述前，我看到另一點令我深思到論點。作者舉葉慈的短詩說道：「當時葉慈已經六十七歲，而思想仍如此突出，語法仍如此遒勁，正視現實接受人生的態度仍如此堅定不移。最為奇妙的是：他竟然愈老愈正視現實，把握現實，而並不喪失鮮活的想像。」作者又寫道：「在另一方面，他竟然愈老愈活用口語，但並不流於俗白，他並不喪失駕馭宏美壯大的修辭體的能力。他的口語句法，矯健如龍，能迅疾地直擭思想之珠。他曾經強調說：寫詩要思考如智士，但談吐如俗人。」這說法使我想到中國的大詩人李白，後世評論他的詩：「老嫗能解」，我想，能以通俗易懂的詩句，表達令人感動的意境，正是令世人尊敬的大詩人們的過人之處，讀到此，我更能體會葉慈晚年詩作的美麗了。

　　〈六千個日子〉這篇文章，是作者敘述他從首篇投稿給《中副》的詩，到書寫此文這十六年間對寫作——尤其是寫詩——的感懷。在文中他將自己寫詩的創作風格分為六階段，前五階段他引用「創世紀詩社」所出版《中國現代詩選》中的分析。我很驚訝他從初期的「格律詩」到第五階段的「新古典時期」，時間不長，卻不斷進步。我尤其欣賞分析文中提到，余光中詩作的時空背景仍是中國，我特別欣賞這句話：「他努力避免向西方神話、宗教、文學乞取名詞或意象。」其中「乞取」一詞用得太好了，道盡作者的錚錚風骨。

　　在談論他詩作的第六階段，也就是自他去美國講學直到他寫此文的這段期間，他寫道：「中國的苦難，深深地烙著我的靈魂。立在眼前這場大旋風和大漩渦之中，我企圖撲攫一些不隨幻象俱逝的東西，直到我發現那件東西便是我自己，自己的存在和清醒，而不可能是其他。」我反覆咀嚼並思考這段文字，大詩人的成功，與他不斷的自我審視有密切關聯。

　　接著，他以極嚴肅的態度為「現代詩」愈益興盛做註解，從受大學生歡迎的程度，說明他寫此文時「現代詩」已成為台灣詩壇的主流，抑且影響遍及香港與南洋的華僑。他甚至做了一個（似乎是冒險的）預言：「現代詩終將成為中國詩的正統，成為屈原、陶潛、李白、杜甫的嫡系傳人。」如此的預言，可看出作者對現代詩的信心，這是非常正向又積極的心態。作者一生從事詩歌、散文、評論、翻譯，曾自稱為自己寫作的「四度空間」。身為台灣五零年代「藍星詩社」的發起人之一，他是位公認的詩壇健將，我則認為，這番預言，可看成他對「現代詩」的期許，又何嘗不能視為他對自己的一種鞭策呢？

　　在〈六千個日子〉中，我沒看到我熟悉的余光中的「詩蹤」，卻意外發現他對散文的觀點。他說：「寫散文，是『謀事在人，成事在人』。」我將此語理解為：「只要有心，努力就可寫出散文，持續努力不懈定能寫出優質散文。」我心中雖如此揣測，但在閱讀更多作者的散文如〈石城之行〉、〈落楓城〉、〈九張床〉等篇章後，我確定：想要寫出優質散文，天賦也是必然的。我讀〈石城之行〉，是在不斷的讚嘆聲中「暢讀」的，一句句令我驚豔不已的詞句，簡潔、明快、精準、優美又不落俗套，此等文學造詣，除後天的努力外，先天的才情也必不可少。雖然如此，讀到此，我仍告訴自己，努力不懈定可彌補天賦之不足，謀事真的在人。

　　〈六千個日子〉是我非常喜歡本書中旅遊以外的篇章，我不太熟悉余光中的詩，年輕時曾讀過詩集《蓮的聯想》，但那時賞析的角度較狹隘，感想也欠成熟。後來非常喜歡他的〈鄉愁〉，在那個對鄉愁尚無概念的歲月，我單純喜愛詩句的簡潔及恰當感人的比喻手法。移民來美之初，我再讀此詩，嘗試著咀嚼出我日後將產生「鄉愁」的情愫，這首詩在我心中的感受更為深重。但在閱讀他這篇文章後，逐漸能體會他對「現代詩」的用心與期許。

　　在這篇文章中，我更明白我為何如此喜愛作者的散文。他在第四小節起首時寫道：「因為習於寫詩，我的散文頗接近詩。非但抒情的散文如此，就是論評的散文也不時呈現詩的想像。儘管有些朋友，例如於梨華女士，認為我的散文勝於我的詩，而另一些朋友，例如周棄子先生，只承認我的散文而絕口不提我的詩，我自己始終認為，散文只是我的副產品。詩是我的抽象畫，散文是我的具象畫。詩是我的微積分，散文是我的平面幾何。」這段

文字對我有極深刻的啟發，也因此明白我為何如此喜愛閱讀余光中的散文，我讀〈石城之行〉時的那份暢快，是我畢生難忘的。余光中真是位令人十分尊敬的作家，他在寫作任何文體時都極為認真，無論是「主要產品」或「副產品」。

在這篇文章中，我還看到一種前所未見的論點：他將〈石城之行〉、〈鬼雨〉、〈莎誕夜〉、〈九張床〉都稱為「自傳性的抒情散文」，而不願稱為「抒情小品」。他認為當時文壇流行一種看法：「抒情小品」只要「寫得平平順順，乾乾淨淨，予人一種什麼輕飄飄的感覺就行了。而他認為他所稱的「自傳性的抒情散文」密度較大，給讀者的感覺也比較醇、厚、重。作者並進一步說明，所謂密度，是指「內容的份量與文字篇幅間的比例，比例大者，密度也大」。我很慶幸自己能讀到這段話，因為我看懂了為何如〈石城之行〉、〈落楓城〉、〈九張床〉這幾篇文章會給我深刻印象。

緊接著這層論述，作者又表達更深重的理念，他寫道：「我認為散文可以提昇到一種崇高、繁富而強烈的程度，不應永遠滯留在輕飄飄軟綿綿的薄弱而鬆散的低調上。我認為散文可以做到堅實如油畫遒勁如木刻，而不應永遠是一張素描，一幅水彩。」這段話對我助益良多，作者給讀者一個明確的具象，令學習者有跡可循，我非常珍惜。

關於「標點」，以前我只單純地當符號在使用，讀此文後我才明瞭它還有更重要的意義，作者寫道：「標點，對於一位現代散文家而言，不但功在表明文義，抑且可以主動地調整文句進行的速度。」這段敘述令我深深有感，今後使用標點符號會更加慎重。

　　全文的末尾二小節，作者先談論「翻譯與批評」，最後則以感嘆文學創作作家的凋零做結語。前者所談的兩種文體是我完全陌生的，但對其中一個論點我很重視，作者認為，「翻譯與批評」這兩者至少有一點相同：「那便是，高級的散文修養。事實上，寫一手好散文，應該是一切作家和學者的必要條件。」我想這也是喜愛寫作者的最基本條件，我很慶幸自己能讀到如此具體的論述。見到作者從不同角度來闡釋散文修養的必要性，我今後寫作更當戒慎。

　　至於作者在末段中提及「自五四到現在，終身從事文學創作的作家，似乎愈來愈少了」。我讀到此時十分感慨，但末尾他又說道：「好在新人不斷繼起，這原是文學史必有的過程。」這樣的結語真令人鼓舞。當然，牢記作者對好散文的論述，對我今後的閱讀與習作必有助益。

　　我毫無概念地開始閱讀〈豈有啞巴繆思？〉，卻讀出來許多興味。

　　查找資料後才知道，「繆思」是希臘神話中主司藝術與科學的九位古老文藝女神的總稱。作者在文中說道：「繆思，一半是神，一半也是女人。她緊扣我們的心靈，但同時也滿足我們的耳目。繆思而成為啞巴，則所以成為女性的魅力，已經喪失了一半。不幸的是，中國詩的繆思，已經顯示出變啞的危機了。」我將這段話視為是在「破題」。作者之所以會說中國詩已有變啞的危機，是起因於他描述一九六五年的初秋，與夏菁一同駕車駛回密歇根，兩人對吟唐人絕句的情境。本來我讀到「參觀了藝術館後，太陽已經偏西，便負著落暉，衝著滿地的秋色，駛回密歇根去。那夜月色清朗，平而直的超級國道，無聲地流著，流一條牛

奶的運河」時，已沉醉在愜意的詩境中，繼續讀下去，竟對兩人的唐詩對吟感到興味無窮，我的腦海中浮現出一個熟悉的聲音，兒時常聽父親吟唱詩詞，我也隨著父親的吟唱，熟背了蘇軾的〈水調歌頭〉與〈念奴嬌‧赤壁懷古〉。有趣的是，我最初竟完全模仿了父親的鄉音——浙江餘姚腔，這兩闕詞伴著這份記憶一直深植我心，所以當我讀到「我這一代的中年人，身逢抗戰，經歷種種的不幸，而比起現在的青年來，至少多一件幸事，那就是，懂得如何吟誦古典詩」，算算時間，我父親也屬於那個時代。記憶中父親吟唱詩詞的神情是愜意的，尤其在他辛苦工作後，所以我很喜歡聽父親的吟唱詩詞聲，自然而然地熟背了詞句。因為自幼培養出這份對詩詞吟唱的好感，以致我對文中的內容反覆品賞。

　　作者深入分析，他認為：「誦詩而到高潮，我的反應之中，總會有這麼一點生理的成份。不是冒起雞皮鵝皮，便是目潤喉澀，最敏銳時，更有猝然中箭的感覺。英國詩人浩司曼在〈詩的名與實〉一文中，也曾經描述詩對他的作用，是生理甚於心智。」我非常同意這種理論，只是我在吟唱詩詞時，心中的快樂常使我分不清是心理或生理，我會心跳加速，也會熱血沸騰，當然心情是歡愉的、激動的。

　　作者接下來的一段話更得我心，他說：「默讀唐詩，甚或用今日的國語出聲誦讀，固然也可獲得相當程度的了解；但比起曼聲朗吟千百次後的那種領會，恐怕相去遠甚。最大的原因，在於前者僅是心靈的吸收，而後者加上了生理的沉浸。所謂『熟讀唐詩』，也就是要用生理的適應去幫助心靈的吸收，使那種節奏感，那種聲調，進入肌肉，纏繞每一根神經。」我想，唯有感人

至深的好詩詞，由優美的文字與感人的韻律組合而成，吟唱起來自然能達到沁人心脾的效果。

我對詩詞吟唱感受深刻的另一原因，是因為我是國立台灣師範大學國文系的畢業生，我那年代，師範大學的「國文系」無論系名與授課內容，都不同於其他大學的「中文系」。師範生畢業後多擔任教職，因此我們「國文系」的學生，在校時主要學習是文字「形、音、義」的深究，以便日後能從最基礎上教導學生認識中國文字的造字原由、正確的讀音，並指導學生辨義與書寫。當然在這些基本課業之外，我們也必修「詩、詞、曲」等課業，我最喜愛賞析古典詩詞，記憶最深刻的就是吟唱的部分。我腦海中最深刻的印象之一，就是教導我們唐詩的邱燮友教授的唱腔，難忘他吟唱那首「朝辭白帝彩雲間，千里江陵一日還，兩岸猿聲啼不住，輕舟已過萬重山」。邱教授祖籍福建，他以古腔古韻唱出的詩句，平仄分明，非常好聽，不僅勾起我自兒時就深植於心對吟唱詩詞的好感，更在我心中種下尋訪唐詩中所描述古蹟的心願。許多年後，我首次的神州之旅，就是遊三峽，當我站在郵輪甲板上過白帝城時，雖非清晨時分，我卻有股要與古人同遊的激情，幻想自己站在舢舨上御風而行，那份暢快，勝過日後任何一次旅遊。我想，吟唱那首唐詩後的感動已深入到我心扉。

師範畢業多年後我到高中任教，學校有位國文老師熱愛詩詞吟唱，利用課餘指導學生吟唱詩詞，並到校外參加比賽，屢次獲得佳績。經他的介紹我才知道，我還在師大就讀時，學校就已成立「南廬吟詩」，其中的幾位指導教授如邱燮友、張夢機、尤信雄，都曾是我的授課教授，可惜我當年竟與這社團失之交臂。幸好後來我買到一套「唐宋詞吟唱」錄音帶，可反覆聽唱。最可貴

的是附贈一本說明書，詳細解說吟唱詩詞所使用的詞譜資料，例如吟唱李清照〈聲聲慢〉的詞譜，譯自《碎金詞譜》，吟唱蘇軾〈水調歌頭〉的詞譜，譯自《九宮大成譜》。這些資料不但增加我的知識，還可做為我授課時的輔導教材。那段時間，每遇詩歌吟唱課程，學生們都興趣濃厚，在快樂的吟唱間，我充分掌握了課程的精華，學生也輕鬆地熟背了詩詞。因為經歷過這段愉快的詩詞吟唱教學，因此特別領悟作者強調吟唱詩詞的重要性。

〈從經驗到文字──略述詩的綜合性〉，如此的標題，對不善寫詩的我而言，是懷著一顆忐忑之心開始閱讀的，我擔心遇到艱澀的專有問題，又渴望讀到寫作時都通用的寶貴經驗。很開心，在第一段末了，我讀到幾句使我放心閱讀的文字：「現在，我只想從某種角度，對詩的創作過程，作一個解釋。我認為：詩是以最經濟最有效的文字，將主觀的經驗客觀化的一種藝術。」我之所以認為讀了這段話我就可放心繼續閱讀的原因，是因為我常書寫的散文體與詩的文體不同，但「將主觀的經驗客觀化」的目的是相同的，我應可從作者在這方面的敘述學習到寶貴知識。

作者接著解釋「主觀的經驗」，他說：「此地所謂的『主觀的經驗』，是指未經分析與表現的，原封不動的純個人的經驗。要讓別人（讀者）分享這種經驗而且在分享時還要感到真實無憾，恍若身受（即所謂美），就必須將它作有效的客觀化、具體化，使之凝定持久；這樣，不但時人，即使是後人，也可分享。」讀到此我已非常雀躍，對接下來的舉例說明更是如獲至寶。作者的舉例說明是：「『桃花潭水深千尺，不及汪倫送我情』。我們從未去過桃花潭，也不是十二個世紀以前的李白，但是我們能夠『分享』李白的經驗，因為李白個人的經驗，藉文字

的表現，已經凝定為超越時空的，客觀化了的，普遍的經驗了。詩人寫詩，是將主觀的經驗變形為客觀的文字。讀者看詩，則反過來，將客觀的文字『還原』為主觀的經驗。」這段說明太珍貴了，恰當的文字表達能超越時空，後人（讀者們）接收到這份由文字中表達的經驗，以致精神境界更豐美。當然許多生活經驗也由此傳承，這就是文化，是文明。作者如此清晰的解說，也提醒了讀者們閱讀時思考的方向。我認為不僅寫詩與讀詩時應本此原則，書寫與閱讀散文時也當有此認知。

　　接下來這段話，更可看到作者創作之嚴謹態度與深厚學養，他寫道：「不過，經驗和文字，就詩而言，都是綜合體。我說經驗，因為詩人在創作時所深切感受而要加以表現的那種東西，既非純粹的感情，也非抽象的思想，更非孤絕的官能感覺，而是這三者在不同比例下的交融。」我非常感謝作者的這段說明，不但可看出作者創作時的嚴謹態度，更使我了解到好詩的難能可貴。創作者要在極為精簡的文字中，以恰如其分的比例，精準地表達出個人經驗的情感、思想與官能，那將是多麼慎重思考後的結晶，藉著這段敘述，我更明白流傳千古的精品佳作之可貴，讀者在品讀賞析時更當特別用心。

　　非常難得，作者在文中除說明好作品的創作要件，也分析失敗作品的原因，他寫道：「凡成熟而優秀的作品，其經驗之各種成份，必然交融無間，呈現高度之綜合。在失敗的作品裏，我們往往發現這些成份呈現反常的比例。」這段說明太重要了，創作者在盡力創作佳作的同時，當然也要避免失誤，所以我以「精準」二字來形容作者對綜合比例的拿捏。

　　接下來這段話，作者更具體說明何為失敗作品，他說：「事

實上，一篇作品所表現的經驗，分裂得讓讀者可以指認，何為理念何為情感的時候，必是失敗之作無疑。例如許多哲理詩，往往有理無趣，既不能激起情感共鳴，也不能予讀者以真實感。許多宣傳八股，始於概念也終於概念，也屬於這一類。此外如傷感主義的一任情緒氾濫，竟而淹沒了思想甚或具象而精確的官能經驗；以及意象主義的僅僅訴諸官能而不能令人動心或思索，都是有失綜合之道。」再度感謝作者的說明，以上分析中，我較有概念的是各類宣傳「八股」，但以往只知厭煩此類文章，卻不知為何厭煩，原來「始於概念亦終於概念」正是癥結所在。至於創作不能激起情感共鳴，無法給予讀者真實感，這點我很有同感，我總認為「至情之文」最為感人，唯「至情」才能給予讀者真實感，可見創作者賦予作品真實情感非常重要。

　　本書中除遊記外的十九篇文章，我以讀「研究報告」的心情認真閱讀，許多篇章我反覆閱讀也不能完全理解，個人不足的知識尚有待加強。只選出幾篇我較能領悟，且尋思出對我寫作有助益的具體方向，我再三思量後，記下以上一些個人的感受。

　　我會繼續閱讀這本書，並試著對我不太能領悟的篇章做深入探討，因為這是近年來讓我感受最深刻也獲益最豐富的一本好書。

回味無窮的《文學的滋味》

《文學的滋味》的作者韓秀，除勤於筆耕，著作等身外，也是位廚藝高明的美食家。當我看到書封面的幾句話：「美好的年代從未遠去，而是流動在字斟句酌的文字，堆疊在每一道食譜所編織的珍饈佳餚之間。」心中甚是歡喜，因為我知道由這本書中，可同時欣賞到韓秀的文學之美與廚藝之味。

這本書除〈緣起〉與〈後記〉外，共有八章，這八篇內容，都以精美流暢的散文，藉著敘述歷史事件、名人軼事、名著篇章甚至小說電影，而牽引出其中相關的佳餚美食，經過作者實際嘗試而整理出的珍貴祕方。因此，在欣賞佳文的同時，也品嚐了美味，如此的構思，既為優暢散文注入引人垂涎之美味，又替珍饌佳餚添加文學的氣質，實在是本難得的好書。

翻開第一章，看到久違的福爾摩斯令我精神振奮，我全神貫注地跟隨作者走進福爾摩斯紀念館，看到那張餐桌後，作者極為關心那餐盤罩下的炒蛋，她熱心地向哈德遜太太介紹早餐的炒蛋做法，我也專心傾聽，隨後我和哈德遜太太一樣感到驚訝。只是我知道雞蛋打散後加入牛奶會增加風味，但從未在早餐的炒蛋時試過。至於加上「松露鹽」來調味，那真是首次聽聞，非常嚮往那滋味；尤其看到如此烹調結果會有「普羅旺斯」風味，我的思緒立刻回到去年的法國之旅——我們沿途品嚐美食，在普羅旺斯卻忽略當地盛產黑松露，沒注意找尋「松露鹽」；如今得知此鹽會為烹調增加香氣，上網查找，我家附近一間超市有出售黑松

露鹽，是採用夏季黑松露與喜馬拉雅岩鹽製成，我一定要買來試試。體貼的作者在烹調說明中還提及，這道炒蛋還可用日本的「海藻鹽」來烹調，將會是另一番風味。若不用調味鹽，加點「蝦夷蔥」還有提神醒腦功用。一道普通炒蛋，在作者精益求精的嘗試後，終能將更完美的味道介紹給讀者。

　　在閱讀並學習這道早餐炒蛋時，我十分驚訝！一道看似極普通的炒蛋，經過作者認真選材，仔細烹調，再毫不藏私地與讀者分享，我看後非常開心！通常「閱讀」於我，多半是透過文字的感染力，令我心情舒暢，但閱讀此書更能激盪我烹飪的腦力與動力，且為生活增添更多情趣。

　　這段說明也讓我見識到「調味鹽」的魔力，並意識到「鹽」的世界竟如此廣博又有趣，此時，一股肅然起敬的熱流湧上我心頭，對作者的寫作與處事態度更為尊敬。一粒小小的鹽，因為滋味不同而賦予食物不同風味，作者藉著敏銳的觀察，鉅細靡遺地搜證，一絲不苟地嘗試，終能使身形雖微小，但影響菜餚風味極大的「鹽」也受到應有的肯定與重視。

　　「罐悶野兔」這道「功夫菜」是令我食指大動的，反覆讀了數遍「細說烹飪」，我特別欣賞作者使用香料的功力，這醃料中的「杜松子」可去腥又可增香，用得好！而月桂葉的香氣很重，不宜多用，以免掩蓋其他食材的香氣，作者深諳此訣竅，所以只放一大片。至於迷迭香，乾燥的使用方便且不受季節限制，但也不宜多用，作者只用半茶匙，也是很精準的用量，再加上現磨黑胡椒，香料的使用足夠了。最後是鹽的使用，作者選用Kosher Salt（猶太鹽），並說這種鹽最適宜用來醃製肉類與海鮮，且能使食物產生與眾不同的鹹味，與食材更柔嫩的效果。這是很誘人

的心得，我相信這也是作者認真嘗試後的心得，我記下了。

我曾聽朋友說過，烹煮兔肉時去腥味是關鍵，中式做法須三道工續，道道都須用到酒，而且要用酒精度高的白酒，這也是我個人平日烹煮肉類時的做法。我閱讀「罐悶野兔」這道菜的「細說烹調」，見作者是使用紅酒做醃料，且只使用一次紅酒就能烹煮出無腥味的兔肉；我對此很感興趣，猜想是香料的功勞。除杜松子、月桂葉與迷迭香外，我最喜歡覆蓋在那盆醃兔肉上的一根松枝，我相信那整晚它都在努力散發香味，除掉了野兔身上的腥味。當然，裹麵粉後油炸也有除腥味的作用。

我雖不可能烹煮野兔，但已深愛上這些迷人的香料。除松枝外，我找到杜松子、月桂葉與迷迭香，依照作者的說明，我用慢燉鍋燒牛肉，效果極佳。最高興的是我找到了醋栗果凍，我雖沒嚐過罐悶野兔的滋味，但如此燒出的牛肉，別有一番風味。

從作者對每道菜的「細說烹調」中，我開始對香料與鹽的使用特別感興趣，其中多種香料名我還算熟悉，但各種鹽的名稱與用途我雖不熟悉卻十分感興趣，更希望對各種「鹽」的用途有具體認識，所以當我看到〈鹽的傳奇〉這章時非常開心。作者從〈蓋朗德鹽之花〉說起，緊接著談到蔡素芬的《鹽田兒女》。我正沉思於鑽石般熠熠生輝的晶鹽，與如蕾絲般精緻的芙蓉細鹽的形貌中，瞬即驚醒於台灣「七股鹽」的現實中。為自己的見識淺薄感到羞愧的同時，對作者的博聞多識更為敬佩。七股離我的出生地不遠，我卻不識七股鹽，幸得此篇介紹，我才有機會認識家鄉的鹽味，及世界上諸多「鹽」的名稱與特色。

透過文學作品中的鹽，以及各民族所認識的鹽，我看到鹽的悠久歷史，很高興中國人是最早懂得使用鹽的民族，並將鹽的妙

用演進到製作醬油，而我的原鄉台灣所產的醬油，更廣受世界各地大廚們青睞，如此我更該好好認識「鹽」。

隨著作者的帶領，我見識到各地的鹽，由香港以「插莊」來製鹹魚，談到即使同為海鹽，產地不同味道也有異，這點我從沒想過，可見「鹽」的世界處處是學問。再說到巴黎餐廳桌上的調味鹽，不同菜色搭配不同的調味鹽，完全掌握在主廚精準的設計中。看到這，我不由得想到中式菜餚的烹調顯然不同於西方，中國菜被煮好送上餐桌後大都不須再外加調料，而西式烹調妥的菜餚，往往藉著外加特定調味鹽以牽引出另一層風味，但是否會因為每人口味的濃淡不一而調出不同風味呢？

作者接著介紹世界各地不可或缺的基本「鹽」，讀後我發覺自己的「鹽」文化非常貧乏，更珍惜本章的知識。我平日只使用Morton牌的鹽，無論醃漬、炒菜、涼拌，一種鹽用到底；如今進入鹽的世界，看得我眼花撩亂。見作者說到她偏愛產自義大利西西里海岸的烹飪鹽，並用「忠誠、可靠、萬無一失」來形容，我在羨慕之餘，卻又見到作者寫著：「來自台灣的鹽是最接近西西里鹽的食鹽，同樣非常值得信任。」我下次返台定要帶些鹽回來。

另一種讓我感到稀罕的是「喜馬拉雅鹽板」，不但可做為肉品的調味料，還可當作盤子，送冷食上桌，也可帶著肉品與蔬菜進烤箱，並可放入微波爐使用，這是多麼神奇的東西——美麗、實用又有滋味的石塊。

至於法國北部貝爾特尼（Brittany）的灰鹽，對我是完全陌生的，卻是作者廚房的必備品，由此可見作者對「鹽」的應用確實有心得。當我看到美國猶他州的鹽也在作者討論之列，我再次感到慚愧。猶他州是外子的出生地，我曾得到一份來自他親友的

禮物，一瓶產自雷德蒙德（Redmond）的真鹽（Real Salt），我用後發現菜中會有小石粒，就擱置沒再用，看來我是暴殄天物了，如今才知當珍惜使用。

繼續往下看到「調味鹽」部分，當我看到作者提到「蒜鹽」時，將之與中餐廚師以薑、蔥「煉油」做比較，我覺得新鮮有趣，但西餐用的「蒜鹽」用途似乎較方便又多元，不但可熱炒，還可烹製豬排、漢堡，又可調製沙拉或烤大蒜麵包，這也是我常用的調味鹽。

作者又介紹冬蔥鹽、日本灰鹽、4/S及松露鹽，還有番紅花鹽與芹菜鹽。閱讀本書令我對「松露鹽」情有獨鍾，只因嘗試過用它來炒蛋後，已迷上它的獨特滋味。至於大茴香調味鹽，在作者生動描述下，令我十分好奇，有機會定要試試。此外，最讓我想見識的是Napa出品的調味鹽木盒，我雖沒資格擁有此盒，但很欣賞製作者這份巧思。

這篇〈鹽的傳奇〉，看得我甚為歡喜，從一粒小小的鹽，看大千世界中多彩又多滋味鹽的特色與故事，令我獲益良多，這是何其豐富的閱讀收穫啊！

繼續往下看，傳統肉醬麵我常做，但佐料與工序都不如作者周全。辛辣火腿麵很誘人，我會試著做。

〈風情萬種下午茶〉是我百看不厭的篇章，麗池酒店下午茶的美名我早已有耳聞，雖沒喝過椴花茶，卻愛極了瑪德琳小蛋糕。在閱讀美文的介紹後，下次我會泡杯椴花茶來品味瑪德琳小蛋糕。當然，作者筆下的麗池酒店不僅有高品味美食，更有著名人墨客的身影，於是狄更斯、王爾德、海明威、馬塞爾‧普魯斯特的趣聞軼事，為麗池酒店的下午茶增添更多雅趣。

　　接下來的篇章，讓我看到作者在艱難環境中努力閱讀的情境，很是感動，我想正是那種「不容易」，令作者至今仍珍惜閱讀，也引我一陣深思。

　　〈聯合國的女人們〉是篇難得一見的好文章，作者特殊的外交官夫人身分，使她有機會接觸不同國籍與宗教信仰的人，我喜歡作者對人物的描寫，個性鮮明，透過生動描述，彷彿人物與故事就在眼前，讀來感人至極。其中我特別欣賞來自卡薩布蘭卡的伊曼尼，她的出現令作者對她帶來的菜餚──「粉蒸肉」擔心，卻聽伊曼尼大方地自我介紹，表示會用眼睛欣賞不合於自己習俗的美食，多麼雍容的氣度！這世上不同生活習俗的人們若都存此念，天下就太平了。

　　在這篇中看到「德式燉牛肉與馬鈴薯丸子」，特別喜歡，試做後很成功。「摩洛哥庫司庫司」也很有趣，卻不敢輕易嘗試去做，害怕失敗。

　　看完〈正在消失的一條路〉，我特別感動，尤其看到作者對手寫信件的堅持，我想到了自己。回想念大學期間，父親共給我寫了將近三百封家書。我與外子婚後三年仍分居於台灣、美國二地，這期間我和他通了五十多封航空信件。自人類開始使用電子郵件後，手寫信件逐漸被遺忘，但作者在使用電子郵件的同時，仍堅持手寫信件，很令我感動的是，她寫信的對象不僅僅是家人，還包括許多友人。一張張美麗的信紙，承載著溫暖的話語，無限的關愛與叮嚀，裝在與信紙同色調的信封中寄出，這是多麼令人感動的好習慣。

　　最後一章介紹的壓軸美食中，「烏克蘭羅宋湯」與「西班牙海鮮燴飯」是我的最愛，閱讀作者的做法後，我找到了自我改進

處，尤其是加入義大利火腿後的「烏克蘭羅宋湯」滋味更濃郁，配上我最愛的「可頌」，實在好吃極了。

閱讀此書最大的樂趣，除文字上的感動外，更充分感受作者對烹飪藝術的重視，藉由認真選材、謹慎製作，及品嚐者的用心品味，每份烹調後的美食彷彿都能感受到人們的「在意」，以如此態度來談論烹飪的精神是值得尊重的，我也是美食的愛好者，特別欣賞這種精神。

對作者而言，這是本「捨不得寫完的書」；對我而言，這是本永遠看不夠的書，我會經常閱讀，不僅想找尋流動於字裡行間的感動，更要藉著作者的細述，尋找她對美食與烹飪的尊重，非常難得又美好的感動與尊重。

一本書激盪起漣漪

　　二○二一年三月中旬，我的書桌上多了一道美麗的風景，我喜歡聯經新書《風景線上那一抹鮮亮的紅》獨特的封面設計，更盼望其動人的內容帶來的悅讀時光。

　　翻開〈自序〉，非常有特色的題目〈得獎理由〉。自得知韓秀姐榮獲二○二○年度「美國總統獎」的榮譽後，我很替她高興，認為這獎是實至名歸。我喜歡閱讀韓秀姐的文章，因為總能感受到如見其人般的親切，我更喜歡她生動的敘述、細膩的描繪、精準的遣詞及風格脫俗的表達。

　　作者從修剪後院年終最後的鮮花說起，我讀到「大捧的桔梗便用輕柔的淡紫色、冰藍色妝點了前廳」時，閉上眼思考著，浪漫的淡紫色與晶瑩的冰藍色妝點後的前廳，該是多麼迷人啊！

　　在敘述完與鄰居小女孩對帝王蝶的觀察與認識後，返回屋內的作者接到老友將來訪的消息，到訪的老友帶來了白宮頒發的獎狀與獎章。獲得如此特殊獎項的作者，在敘述她得知獲獎，接過獎狀與獎章的過程所呈現的文情極為沉穩，讀來格外有令人欽佩的大家風範。

　　接下來作者在與友人的對話中，以帝王蝶「不眠不休、不計生死」的特性，來比喻自己筆耕不斷。我讀到此，腦海中浮現鄰家小女孩看著作者清理門廊上如小燈籠般蝶蛹的場景，文字與現實生活間的關聯被密切又精確地描繪著，我太喜歡如此的表達技巧了。

　　自二〇一四年我與作者在紐約再相遇後，她總不厭其煩地指導我寫作，我非常珍惜。在學習過程中我更發現她給我的言談與文字中，透著一份溫馨的情懷，是她個人對人性至善至美追求的具體表現，而這份情懷更經由她精湛的文筆躍然於字裡行間，不但深深影響著我，更深深地影響著所有讀者們。我想這正是她獲獎的重要理由之一，一位作者藉著文字對社會散發出正能量是多麼珍貴！想到這兒，我更加敬佩這位獲此殊榮的作者。

　　〈當美學教育成為唯一的目的〉這篇名對我十分有吸引力，我生長在一個缺乏美學教育的世代，此處我所謂的「教育」包括家庭、社會與學校教育。到我進入職場後，我生活的環境逐漸繁榮富庶多彩多姿起來，首次聽到「美育」這名詞時，我已屆「而立」之年。一位藝術修養深厚的同事，和我談論我們成長時代缺乏美育的遺憾，我聽來十分茫然，原以為上美術課就是美育的狹隘認知被澈底摧毀，她的那番議論也成為我對美育認知的啟蒙課。

　　我靜靜閱覽著作者敘述資訊氾濫的二十一世紀，仍然少為人知的人間至美事。婕涅特（Jeannette Genius Morse）出生於藝術珍藏品豐富的家庭中，奠定了她日後成為卓越有成藝術家的基礎。是天意讓她結識羅琳斯藝術學院的教授修，兩人婚後攜手努力推廣美育。讀到此，我特別感佩這位擔任羅琳斯藝術學院校長十八年之久的教授修，他沒因權勢與財富而改變人生態度，反而更加努力地實踐推廣美學教育的初衷，我認為這是功利氛圍日漸嚴重社會的福氣。這對夫婦的努力，終為塵世培育出聖潔的美育花朵——The Charles Hosmer Morse Museum of American art在佛羅里達州「冬之苑」被建立了。

　　這對夫婦的另一項偉大建樹是對「第凡尼藝術品」的搶救，

作者簡明扼要地敘述第凡尼故居遭祝融災後的落寞破敗，幸得修與婕涅特接到第凡尼女兒求助信後的積極作為，默默付出大量金錢與心血，修復了被無情之火毀壞的藝術珍品，而完全的修復卻在這對夫婦去世後，作者為此落淚，我讀到此也極為感動。心想，真正有心為美育奮鬥的人，他們不只是喜愛現成的美好藝術，更會盡全力拯救受損傷的美好藝術，何其有幸的第凡尼作品，雖受無情之火毀傷，卻受此賢伉儷所助，得以新面貌重現，致力「美學教育」真是他們的「唯一目的」。

這些年我的書架上多了許多韓秀姐介紹偉大藝術家的新書，除塞尚和米開朗基羅外，林布蘭特和拉斐爾等都是我完全陌生的。感謝韓秀姐，讓我有機會認識我從不認識的藝術家們。如今又從這本書中看到她對更多藝術家的介紹，而最讓我印象深刻是，她在仔細欣賞藝術作品後的生動描述；例如在〈溫柔的霞光〉一文中，作者在描繪梅斯的作品《年輕女子編織蕾絲》時，透過她所見到女子的衣裙、衣領與頭飾及面前的書本，分析出畫中女子優雅的生活與所受到的教育。又經由觀察女子身後的帷幕、畫像、護牆板與典雅的家具及講究的地板等，判斷出「編織蕾絲只是這年輕女子偶一為之的活動」。藉著作者細膩的描繪，我腦海中浮現出一幅生動的畫面，我告訴自己，即使站在作品面前，我也看不出這些細節。

作者接著描繪內切爾一篇關於編織蕾絲的作品，及葛瑞特‧寶的作品，以高窗內女子編織蕾絲為主題。兩幅畫中主角均為女子，作者對內切爾畫作的描述是：「身穿紅衣黑裙，美麗的側面，靈活的雙手及正在編織中的蕾絲。」由這幾句簡單的描繪，作者歸結出一個結論：「對她的人生充滿好奇，真想知道她的故

事。」我反覆思考著這結論，對一幅畫的觀感，許多人僅能看到畫作的表面，作者則能活化畫中人，進而探究其內心世界，不僅是「視覺」的認知，更用心靈來體認，如此認真面對畫作，難怪總能觀察到畫作的精髓。對於後者，作者對葛瑞特・寶這幅畫的描述，除女子外還有高窗、捲起的絳紅色帷幕、攤開的蕾絲圖樣書，及一枝粉紅色玫瑰、一排窗戶和透進的朦朧光線，這些實物陪襯出女子的「心不在焉」。讀到這我閉目沉思，畫中女子「心不在焉」的眼神當是如何？想著想著我不禁低聲問道：「妳為何心不在焉？」我彷彿見到她嘴角露出一絲笑意，對我說道：「妳猜！」我好喜歡那如夢似幻的景象，我竟走入了畫中。

接著我看到作者描述內切爾一六六六年繪製的《女子與一個僮僕餵鸚鵡》，隨著作者的描述，我腦海中浮現出一幅畫面，高窗內，女子一手拿食物，另一手上棲息著等待餵食的鸚鵡，當然還有鳥籠及窗檯上搭著一條絢麗的毛毯（我很開心地思考著何種色彩是絢麗？），只是無法想像，在暗處的小童如何「敬業地」端著盤子？這層思慮讓我聯想起先前葛瑞特・寶畫中女子的「心不在焉」。我想作者不僅用「眼」看畫，更用心「賞」畫，且用腦「思考」畫，最終才用筆寫出她的所見所思。如此說來，跟隨作者欣賞畫作定能看到畫作的精妙細微處。

同樣是一六六六年，密特蘇也有名作《男子寫信》，作者細膩的描繪依然令我大開眼界，坐在敞開窗前寫信的金髮男子，他年輕俊朗，與男主角相陪襯的背景是他身後的油畫，而鑲油畫的畫框不但是「金碧輝煌」，壁腳還裝飾著代爾夫特最著名的藍、白兩色瓷磚。我對此十分好奇，上網查找，看到荷蘭這種特色瓷磚的照片，心中甚是歡喜，作者筆下的一幅名畫，竟帶給我如此

豐富的收穫。再繼續讀下去，我被作者欣賞畫作後的判斷與聯想感動不已。因畫中男子沒將帽子掛在衣帽架上，而是順手放在椅背上，於是作者認為這男子急著寫信，我同意且很欣賞如此人性化的判斷，當人們急著傾吐心中所思所想，哪會在意放置帽子這件小事。因這份急切，作者聯想到，這「急切的背後，大約有一個纏綿的故事」。此處我用「聯想」而不用「臆測」，因我認為「聯想」比「臆測」有深度且耐人尋味。

讀完此篇後我體悟到，我之所以對陌生的林布蘭特有了清楚的認識，我又為何更喜愛塞尚的畫作？全因韓秀姐將她個人對藝術家的喜愛及對他們作品的傾心，完全融入文字中，藉著細膩生動的文字傳達給讀者，如此看來，韓秀姐替藝術家們著書立傳的意義就更深遠了。

〈小鎮盛景〉是作者講述「百衲被」的故事。外子的妹妹熱愛縫紉，我在她家中見過幾件極有特色的精品百衲被，但從未聽她談過百衲被的相關訊息。當我讀到肯塔基州帕篤卡（Paducah）因百衲被而聲名大噪時很是驚訝，我竟不知這個以農業聞名之州也是手工藝品百衲被發揚光大之地。

這個小鎮不但每年舉辦百衲被展覽會，還建立了博物館，展示著來自全美五十州及世界四十五國的精美展品，當然還可見到百衲被曲折的歷史與如今的燦爛成果。我隨著作者的敘述，讀到此被的起源：原來，為追求自由的歐洲人，漂洋過海來到北美洲建立新家園，不忍丟棄自家鄉帶來的破爛衣裳，於是將比較結實的布塊「剪剪裁裁縫縫補補」做成被子來禦寒。我讀到此不禁啞然一笑，這一串疊字，彷彿將百衲被呈現在讀者面前，甚是傳神。

沒曾想到，帶給家人溫暖，象徵艱苦卓絕精神的傳統手工

藝品，隨著生活的富裕、經濟的發展及紡織品質量的精進，與設計的日新月益，竟從禦寒功用轉向裝飾，從床上走向牆壁，又由日用品晉升為藝術品。讀到此，我被作者的一段敘述深深感動：「百衲被所扮演的溫暖、理解、愛護、相互扶持的腳色正是現代人對抗冷漠、孤絕、疏離所絕對需要的。」作者藉著以上這段話強調，雖然機械與電腦似乎正在逐漸取代百衲被的傳統做法，但百衲被的傳統性格中仍有其無法被現代科技征服的部分，我非常欣賞此種呵護百衲被原汁原味的論點。

〈明淨的世界〉與〈風從莫拉諾吹來〉這兩篇分別談到玻璃，前者以介紹法國瑞內‧拉利克（Rene Lalique）為主，後者主要介紹來自義大利的里諾（Lino Tagliapietra）。我曾見過吹玻璃的過程，認為那是種非常奇妙的藝術，特別敬佩在高溫旁仍能冷靜創作的製作者。作者介紹的這兩位藝術家，都是我以前沒聽說過的，對他們的故事我讀得津津有味。

再讀這兩篇時，我特別注意作者的寫作方式。在〈明淨的世界〉的起始，藉著對台灣藝術家王俠軍的介紹，揭開引領他走上創作之路的法國拉利克（Lalique）公司的產品，更以「簡單的質地，乾乾淨淨的透明光澤，觸摸或觀看都非常動人」這段話語來點出玻璃的特色，也讓瑞內‧拉利克出場，我也由此進入一個明淨的世界，感受著字裡行間洋溢著的晶瑩剔透；也終於明白，玻璃製品不都是「吹」出來的；更佩服瑞內的用心，他用酸處理金屬製成能夠重複使用的模具，使玻璃的鑄作工程更加得心應手。當然我更渴望見到他的傑作，無論是實用的日用品、雍容的花瓶、汽車車頭上拉風的水晶裝飾等，特別想見識一番晶瑩的玻璃如何展現美麗女子輕柔的衣衫。

　　〈風從莫拉諾吹來〉的起首是作者從當時對生活周遭的感覺說起，秋涼時節，不再熱衷選戰的人們，一切都有些意興闌珊。此時，從玻璃之都威尼斯的莫拉諾（Murano）飄然抵達華府的里諾（Lino Tagliapietra），和暖了清冷的戶外氣溫也輕鬆了人們缺乏興致的心情。作者興致勃勃地開始介紹里諾，在令人肅然起敬的「威尼斯風格」與「新文藝復興代表作」中，我震驚於沒接受過學院教育的里諾卓越的成就。這時作者仍不忘對現實中「風」的描繪，我極喜愛這段話：「到處都是風留下的痕跡，微風吹皺河面，水下的石頭神采奕奕，晚風將夕陽的餘暉均勻抹到曼哈頓的大廈群上。」就這樣，藝術家的旋風與現實之風完美結合，藝術家的旋風更會愈來愈強勁，終將使古老的義大利文化與年輕的美國文化有番和樂融融的對話。我讀到此心中甚是喜悅，既陶醉在閱讀後的感動中，又因為領悟作者寫作技巧而興奮，我期待再次閱讀此篇時的另一層感受。

　　當我開始閱讀〈秋的旋律〉這篇時，正是二〇二一年農曆大暑的首日，屋外是高達華氏一百度的酷熱，室內冷氣不停歇地轉動，外加屋內吊扇敬業地工作著，如此也難消我心中那份因酷熱而產生的焦躁。翻開〈秋的旋律〉，首段中的秋景頓時平息我心中的焦躁，順手關上吊扇，將短短的三行文字讀了又讀，腦海中浮現自樹梢到空中再旋轉至地面的霜葉，層次分明的色彩，這畫面真的改變我悲秋的老毛病，終於我已聽不到冷氣機的運轉聲，隨著作者走進北維州的亞歷山大老城。

　　讀著讀著我若有所感地閉目沉思，尋思著為何這些談論藝術的篇章，對我這個極度缺乏藝術修養之人有如此強烈的吸引力？我想除了作者生動的文筆外，還因為她欣賞藝術家與藝術品

的感受真摯、表達細膩,自然能引讀者入勝。外加作者所走訪的藝術館不但展出內容不俗,館址建築也極有特色。若非讀到此文,我無法想像,一個製造水雷的工廠竟成為藝術家們的一方樂土,我被這特殊的藝術館吸引,也迷上喬治・邱吉爾(George Churchill)的玻璃鑲嵌彩窗,當然更被他活到老學到老的精神感動。讀到這幅美麗的花窗時,我好陶醉,努力思考著乳黃色背景上美麗的杏花花影,想像著喬治如何將舞動中的柔美景致凝結到質感迥異的玻璃世界。讀著這句「秋風裹著紅葉旋舞」,我腦海中那片春與秋融合的畫面逐漸形成,但要如何將它想像得更真切又華麗呢?我要再多讀幾遍,每一遍都充滿好奇、感動,讀著讀著我告訴自己:「也許我該去訂一面彩窗。」

因為看過了水雷工廠改建的藝術學校與博物館,讀到〈走近現代藝術〉這篇,我對監獄改建成的美術館已不再驚訝。魁北克國立美術館是由老監獄與新建的玻璃空間組成,反覆思考著這兩種截然不同建築的畫面,心想,它本身就是件有創意的傑作。

走進森嚴老監獄大門的作者,將這座建築讀出了古典意味,由這裡再走近現代藝術,作者認為那將是很有趣的經驗。在品味作者的趣味之前,我先發現了另一層趣味:「『進』入古典意味老監獄後,再走『近』現代藝術。」實體建築與藝術之不同,分別用「進」與「近」兩字來詮釋,好有趣的巧合。

原本幽暗見不到美麗事物的監獄,卻因一位囚徒畫下的一束優雅捧花而充滿慰藉與溫暖。這束花被懸掛在壁壘森嚴的上層通道牆壁上,作者形容它「像一束溫暖的陽光沖淡了整個建築令人窒息的氛圍」。我想,當初決定將此建築改為美術館的人們,是否也被此束花感動?

　　作者欣賞藝術作品後，總能以精準的詞彙表達她的觀後感，這份詞彙上的精準更能化為感動讀者的情愫。在現代藝術的展示中的一幅油畫，畫中一位老者漠然地與觀畫者對視，他身後面目模糊或僅有側身的人們，「層層疊疊的空間區隔了他們，使得他們無法交流」。我反覆閱讀著這兩句話，再次思考著「區隔與疏離」，我佩服作者對藝術作品的賞析境界，有意境更有深度。

　　在〈當美學教育成為唯一的目的〉一篇中，我對路易斯・第凡尼（Louis Comfort Tiffany）的作品印象十分深刻。在〈永遠的風景〉一篇中，我又見到作者對這位藝術家與其作品更多層面的敘述。在第二段作者以生動的描繪，將我的思緒帶入神往之境界，原來，從拉瑞爾頓莊園（Larelton Hall）長窗眺望牡蠣灣的美景，經由第凡尼留在巨大彩色玻璃窗上後，雖跨越百年風霜，它依舊在觀賞者心中留下柔美景致。如此美好的景色，我十分嚮往。

　　繼續往下閱讀，我佩服化學變化下產生的藝術效果。更欣悅找到了答案，原來女子衣裙的皺褶竟是依賴玻璃厚度的改變來體現，同時也讀到「人體部分還是要依靠彩繪而不能完全以玻璃本身來體現」。這些對我都是增長見識的認知，閱後很是歡喜。當然，在欣慰有機會能一睹《飼火鶴》被修復後精彩傑作的同時，也非常傷感，《浴者》卻沒此好運，一扇精美絕倫的彩窗，被搶進火場的消防員破壞了，好傷感！

　　〈古蹟捍衛者〉文中的敘述，對我又是一份寶貴的知識獲得，我此刻的心情異常興奮，不斷在回味書中給我的新知，覺得自己愈來愈富有了。二〇一九年六月，新冠疫情爆發前的最後一趟旅遊，我去法國遊覽，當然去了羅浮宮，也特別安排到奧瑪哈

海灘，憑弔為這場偉大戰役捐軀的英靈；那天正是二〇一九年六月五日，此戰役七十五週年的前夕。在閱讀本篇前，我從未聽過如此完整的、有條理的，有關「古蹟捍衛者」的敘述。當然我是邊讀邊感嘆與感謝的，若無這些古蹟捍衛者，我在羅浮宮內見不到如今這般豐富的藝術品。我與女兒相約在疫情過後將再遊巴黎，那時我將以更虔敬的心情去觀賞羅浮宮內的藝術品，並向這些古蹟捍衛者致謝。

這篇文章末段，作者特別提到自我記事以來使用的方塊字，我感動得幾乎落淚，原來我們一筆一畫一絲不苟書寫方塊字時，作者認為我們「正在延續方塊字的生命力，我們絕對是世界上最重要的古蹟捍衛者」。渺小的我，竟也能成為「古蹟捍衛者」之一！我在欣慰之餘，更感謝作者用心良苦，這一小段文字，著實讓古老的方塊字真正地「活力四射」了。

〈當代英雄〉是敘述一部我從未看過甚至沒聽說過的電影，讀完全文後我也感到一種從未經受過的震驚。作者筆下美麗的丹麥西海岸沙灘上，在二戰期間一九四〇年德軍入侵後被放置了兩百萬枚地雷，就此一個堅不可摧的屏障被建立了。一九四四年盟軍登陸諾曼第後，軸心國節節敗退，一年後丹麥得到解救，丹麥陸軍手中有兩千德軍戰俘，他們多半是少年，因戰爭末期德國已招募不到適齡軍人，但戰後返回德國的不到半數，這些手無寸鐵的少年俘虜去哪兒了呢？七十餘年後，德國與丹麥的電影工作者，以《拆彈少年》這部電影為世人揭露了部分歷史真相。

在丹麥西海岸美麗的沙灘上，戰爭結束後竟有著殘酷的景象，餓著肚子的少年匍匐前進在從事拆除地雷的工作，他們正是那些少年俘虜們，面對生命分分秒秒受到死亡或傷殘的威脅，他

們只能默默承受，而種下這惡因的正是他們自己的祖國。看到這兒我難過極了，戰爭本已夠殘酷，這終結戰爭殘局的場景更是如此恐怖又悲慘。我不知如何形容我讀到此處的悲傷、憤怒，為這些受折磨的孩子們傷悲，更痛恨想出此法的「人」，這個歷史真相，使我對戰爭的厭惡又增加千萬倍。

接著的情節更令我震撼：負責管理少年俘虜的上士，迫於個人使命，他總是欺騙著這些可憐的少年俘虜，其間萌生的些許憐憫之情，卻因自己的愛犬死於被遺漏處理的地雷中而遷怒於少年俘虜們，於是他凌虐少年俘虜們的行為變得如納粹一般，被虐者因此更悲慘無奈。到此，我見到漆黑如墨的人性，也見到生不如死的悲慘人生，傷感得幾乎沒勇氣再讀下去。幸好！結局令我情緒提振，這位上士勇敢地選擇了抗命，沒有將倖存的少年俘虜們差遣到另一沙灘去繼續拆雷，而在離邊境最近的距離釋放了少年俘虜們，讓他們返鄉。讀到這兒我真的落淚了。

記憶中我從沒被文字介紹的電影情節如此感動過，我想是本篇作者動人的文筆感動了我，透過作者的敘述，我見到一個墮落至極的人，依然有良心發現時。當一個人有機會拯救他人性命時他選擇犧牲自己，這是感人至深卻不常見的場景，尤其是經過殘酷戰爭扭曲後的人性。作者寫出了這個關鍵，這也許是我親自觀看影片也無法體會出的關鍵。

於是，在電影院中，放映結束時，全體觀眾含淚起立向拍攝此片的「當代英雄」致敬；我則在讀完此篇後，起立、闔書，將書放在胸前，輕聲地對作者說著：「謝謝！謝謝您讓我見到人性的善還是不容抹滅的。」

〈次颶風時速八十英里〉這篇名令我回憶起住在台灣時最

熟悉的「颱風」，當然同時憶起災後的慘況與停水缺電的不便。與現代風災後的不便相比，今日對電的依賴更重了，冷氣與冰箱已是現代人生活的必需品，尤其在炎炎夏日。但更至關重要的隨身物件就是手機與電腦，其中手機除須充電外，還須網路才能接通。於是，這看似萬能的手機，若沒電就萬事不能了。

　　讀完此篇，我深深感到，現代人與電力等能源的關係日益密切，但如今巨變的天候，在全球各地傳出的災情愈來愈嚴重，究其原因，是人類自己惹的禍。溫室效應與全球暖化的問題日益嚴重，人類的智慧雖帶來更多便捷，但同時造成的災害也日益嚴重。不斷肆虐的酷寒、暴雨、颱風與破紀錄的炎熱，都在提醒人類要珍惜能源，遵循大自然的規律，人若逆天，天必嚴懲，不可不慎。

　　終於讀到〈風景線上那一抹鮮亮的紅〉，作者以這篇名為書名，真好！這名字亮麗又引發讀者急著想閱讀之心。當看到這「紅」是紅狐狸時，我好生驚訝，我知北美洲有紅狐狸，但我生活的美國西南部卻從未見過。

　　作者筆下的紅狐狸是連鄰家蘇格獵犬的狂吠聲都驚恐的小動物，完全沒有我認知中狐狸的狡詐。而透過作者生動描繪的那隻小紅狐，更是活潑可愛，作者對牠的疼惜之情，與常人對待所飼養的小寵物一般有過之而無不及。原本在作者家後院開心生活的紅狐狸全家，卻因新鄰居家的凶猛鬣狗而匆匆遷居。就在無限思念中，此篇名與書名在作者極富創意的描繪中產生了，原來「風景線上那一抹鮮亮的紅」是源自作者對小紅狐狸的思念，將此思念化作生動的描繪與感人的描述，我多次閱讀此篇，細細品味著這份細膩情感。

　　喜見小紅狐狸長大後又再來到作者家後院，我想，那年紅狐狸全家匆忙搬離，是否因雙親擔心鄰家惡犬會影響孩子成長呢？如今小紅狐狸已長大，不再懼怕惡犬，尤其懷念作者家友善的好環境，於是再回來。從此這一抹「紅」帶給作者許多歡樂與驚喜，在閱讀時，我彷彿也見到一抹「紅」跳躍於字裡行間。

　　聽聞過人狐相處的感人故事，但從沒讀過如此靈動、清新又脫俗的情節，我不禁想起作者的話：「我心底裡的光焰是對至美的無懈追求。」這份追求，使她總用愛去關懷生活的一切，當然讀者在閱讀時也感受到這份美好。

　　閱讀韓秀姐的文章，總覺得像是坐在她面前聽她說故事般，不僅享受到閱讀之趣，還能聆聽她悅耳的京片子，當文字與聲音結合後，腦海中就浮現出畫面，於是我與作者一同去博物館，一起觀畫。而讀到〈花事〉這篇，我隨作者回憶昔日的院景與愛花，從北京四合院的德國海棠花，到雅典的玫瑰與九重葛，最後到達她華府的自家前後院，我驚訝地觀賞四百株鬱金香的盛況，盡情地欣賞著牡丹與杜鵑的風姿，更學習到修剪鳶尾花的祕訣，期待明春修剪我家後院的鳶尾花後，也能見到它一年綻放兩次的迷人風采。在嗅到木蘭花飄浮香氣的同時，也與我最愛的粉紅色山茱萸對視良久。又在晚秋時節欣賞到楓樹如夕照般的金紅，還有那耳聞已久，別名「聖誕玫瑰」的藜蘆，從白雪底下鑽出的五顏六色。最後見到曇花在深秋被移入屋內，這位只能在陽台上待半年的嬌客，卻有著比一般曇花「長」的開花時間，它當然要被小心呵護。

　　作者的文中有「畫」，這篇〈花事〉中更有著讓人留連忘返的花園。

　　〈偶遇〉是篇平實感人的好文章，兩位日本老婦人，因見到作者在塞尚家鄉的旅店外，以中國字書寫筆記而駐足攀談，萍水相逢的偶遇卻展開一場深入的對話；她們以雙方的非母語交談著，兩位日本老婦人向作者述說從未對自己同胞吐露的心聲，作者在傾聽的同時，仔細觀察而後描述出二人的容貌、神情與當時的話語，我則從那兩段敘述中，勾勒出這兩位婦人的身形樣貌甚至心態，我彷彿也加入了她們三人的對話，與她們一同仰望晨光下的聖維克多山，再目送兩位日本婦人離去。

　　當我讀到：「她們雙手合十千恩萬謝，然後用了許多客氣語彙來道別，轉身走上那條大路。路是有一點坡度的，兩人互相攙扶著，一步一步向上走去。高大的行道樹在晨風裡搖曳著，輕柔地將花影灑在她們身上。」我闔上書本，心中感到滿足又愜意。我曾擔心邁入七十歲後旅遊機率降低，但文中與作者對話的兩位日本婦人以行動告訴我，只要有心旅遊，永遠不嫌遲。當然，我也希望有機會與萍水相逢的遊客來上一段交淺言深的對話。

　　曾在登黃山前兩度拜訪「宏村」，一個有著明清時期歷史建築風格的古村，因而對徽派建築並不陌生，但讀到這篇〈琵琶圩的黃家老宅〉時，仍有著濃厚興趣。

　　雖沒有圖片，但透過作者細膩詳盡的描繪，這座老宅精湛的門楣、隔扇、窗櫺的接榫與雕花都浮現在我腦海中，也見到散落在地上與桌面上的生活用篩籮、幼兒座椅，甚至婦女常用的針線筐籮。並由留在牆壁上的舊報紙、門牌等附件，看到了那年代政爭浩劫的證據，使我覺得這老宅不僅保留了數百年前的建築風格，且保存了兩百多年來徽州人的生活方式，並成為一九五〇至一九八〇年間中國百姓社會生活層面的見證，如此看來這老宅就

如同一部活歷史，有機會我會去看看。

　　經常看到介紹豪宅大院或堂皇富麗古城堡的文章，而今我卻被這篇〈密林深處一小屋〉感動不已。我極敬佩作者在首段中表達的論點：「巨大空間不但浪費能源，更因為營造大屋減少綠地，且疏遠人與自然間的距離」，進而引出「室雅何須大」，不只是東方的智慧也是西方的智慧。於是，由著名設計師法蘭克‧洛伊‧萊特所設計，一處面積三十三點四坪的林中小屋就引來作者的參訪。

　　我隨著作者生動細膩的文字，在腦海中勾勒出一幅小屋的藍圖，它「造型與功能一致」，呈L型的建築，客廳、臥室、餐廳、廚、衛、浴室皆有，壁櫥與壁爐俱全。建材取自於北維州當地的絲柏，既堅韌又適於雕刻，更能彰顯萊特設計之獨特性。我尤其欣賞這小屋的幾項特色，分別是：「螺絲釘頭上的一字型凹槽同木紋走向一致」，「萊特不造車庫，因為不喜人們在美麗建築內堆滿雜物」，「萊特認為小屋也不需在牆上懸掛藝術品，因為大自然變幻無窮的美景已經目不暇接」，「全部的家具又都是萊特的設計，其他的藝術家在這裡似乎也完全的沒有用武之地了」。

　　我欣賞一位設計者能將自己的理念充分地表達於作品中，而幸運的我，藉著作者仔細的觀察，具體又生動細膩的描述，看到了一位偉大設計師用個人理念建造的成果。

　　讀完這篇〈問候塞尚先生〉，我好後悔！二〇一九年五月底我到法國南部旅遊，曾在艾克斯－普羅旺斯住了一晚，但當時並不知道那是塞尚的故鄉。當天晚餐後，我推著坐輪椅的外子上街走了一圈，回到旅館後聽同伴說，另一隊旅友們與塞尚銅像合

影，我才知道此地是塞尚故鄉，但那時天色已晚，我好懊惱。

仔細閱讀作者的描述，我渴望也能順著雨果大道來到大噴泉旁，更想到塞尚銅像前拍張合影，當然還要到塞尚畫室去領受大畫家作畫時的氣息。此外，我除了要在遠處眺望聖維克多山的英姿外，還希望到山前瀏覽一番。

我早已與女兒約好，疫情過後要再遊法國，尤其是法國南部、里昂、普羅旺斯，自然會再到艾克斯走一走，那時將一定要去「問候塞尚先生」。

讀完〈何須道別〉，我感觸良多地闔上書本。二○二一年我多次進出急診室，兩度開刀，在將近三百英里外工作的女兒兩度請假趕回家照顧我。於是女兒要為我們在她住家附近買房，希望我們搬過去可就近照顧。我如作者一般，捨不得離開熟悉的居住環境，又不忍讓女兒掛念。看來這是個現代人常遇到的問題，我只能多保重，免女兒掛念。

讀到這篇〈正當瘟疫蔓延〉時，我正在台北防疫旅館中隔離，此時距離新冠肺炎開始在世界流行已將近兩年，這兩年來，我對此疫病的恐懼，遠勝於瘟神「伊波拉」。新冠肺炎疫苗被廣泛施打後，這病毒仍一再突變，專家們卻開始發表另一種報告：「也許這種病毒會流感化，與人類共處。」若果真如此，除接種有效的疫苗外，人類就該嚴守防疫的基本要件：「勤洗手、戴口罩、保持安全距離。」當然我仍相信人類的智慧將思考出對抗病毒之良方。

這篇〈馬爾商與拿破崙〉也令我感慨。二○一九年五月我在法國旅遊，對楓丹白露印象最深的是入口處白馬廣場上的馬蹄形階梯。一八一四年拿破崙兵敗被放逐前，他步下馬蹄形階梯，對

廣場上的將士們發表告別演說。相對於十年前拿破崙在此地召見羅馬教皇，請他為自己舉行加冕典禮的情境截然不同，我站在廣場前凝望著馬蹄形階梯，想到短短十年時間，拿破崙的人生從輝煌走入低谷，真有不勝唏噓之感。

作者以簡潔的筆法，敘述了拿破崙輝煌的戰績與失敗後被放逐的景況，但這篇中的「馬爾商」卻是我從不認識的，這位拿破崙身邊的忠僕，他二人由主僕而成為生死與共的朋友，個中情誼令人感動。我認為，能共富貴的不一定是真朋友，但能共患難的定是真實又可貴的摯友。

在高中時代，我就已聽說拿破崙是慢性砷（砒霜）中毒而亡，這消息來自拿破崙頭髮的檢驗結果，但我不知保留拿破崙頭髮的是馬爾商，他不僅是拿破崙遺囑的執行人，也是一百五十年後，揭露這位英雄殞落真實原因的推手。

閱讀最大樂趣在於能藉文字的感受而抒發情懷，讀韓秀姐的文章，不僅能有此收穫，每篇也都能獲得新知，真是獲益良多。

返台前，我打電話向遠在加拿大的瘂弦老師問候，除關心他的健康外，也聊些文友們的近況，我們談到韓秀姐。瘂弦老師說道：「韓秀對台灣很有貢獻。」韓秀姐為人謙虛，從不在人前自我矜誇，但我知她很愛台灣，也相信她為台灣貢獻過心力。

讀到這篇〈遙望遠天之上那溫煦的星辰〉，我認識到韓秀姐的卓越貢獻：一九九四年，為慶祝國立故宮博物院建院七十週年，秦孝儀院長邀韓秀姐寫篇論文，題目是〈兩岸文物保護的歷史、影響及心態〉。秦院長對沒受過文物專業訓練的韓秀姐開出這題目，我認為，除看上她是位熟悉兩岸事物的「外國人」，有公允立場外，更因為了解她是位認真的好學者，一旦接受任務，

必會用功完成。

在文中我看到韓秀姐的情義，她時時流露對台灣的深厚情誼，儘管要準備離開，還要學習前去下個國度的語言及風俗文化，儘管她要花時間與精力去準備秦會長交代的功課，但她心中仍裝載著滿滿的「離情」。

關於這題目的相關資料，在台灣有許多熱心人士協助收集，但「北上」收集資料卻是難度極高之事。在她出發前，秦院長來信關切、鼓勵並祝禱順遂，韓秀姐寫道：「院長非常了解，那順遂是需要勇氣與智慧去爭取的，半點輕忽不得。」我想，韓秀姐的謹慎、勇氣與智慧，正是她完成這項艱鉅任務的主因。

我更從篇章中看到韓秀姐治學的嚴謹態度，她這樣寫著：「舉凡可有可無或稍有疑問的資料一概沒有選用。」我仔細閱讀韓秀姐撰寫這篇論文的過程與感受，深深感覺她的慎重、認真與專注，於是一篇令專家們都認同並感動的論文誕生了，它與國立故宮博物院建院七十年的成就相輝映，韓秀姐的這份貢獻實在令人敬佩。

〈老師，您瀟灑如昔〉是作者懷念她的恩師李牧教授的感人之作，當我讀到一位教授，對只教過一年的學生，卻在十七年中不斷地以親筆信函送上鼓勵，非常感動！當然李教授遇到的是位懂得珍惜又極上進的優等生。從最早一封信的千萬囑咐，到病中最後一封信依然字字清晰，「字裡行間溢滿濃得化不開的來自東方的人情」。經由作者細膩的描述，我見到令我敬佩的師生情誼，更敬佩不辜負恩師教導的作者，筆耕不斷，寫作的成就更是斐然。最後讀到，原來這「瀟灑如昔」，指的是李牧教授的手跡。古人有云：「字如其人」，一位學識淵博關心學生的好教

授，他的德行與學養都值得學生追隨，而作者更以最具體的寫作成就，表達了她對恩師的感念，這份情誼令我十感動。

多年前我負責編輯《達拉斯新聞報》「文友社專欄」時，作者曾寄來這篇〈痛悼太乙姐〉，如今再讀依舊感動。覺得作者對太乙姐的懷念更濃更深，只因作者用真情寫下她與太乙姐相處時的點滴，我再次閱讀時，依舊羨慕她兩人那份「靜默中互相深深懂得對方」的情懷，更敬佩作者的文筆，能將這份超俗感人的友情寫得如此動人心扉，我好喜歡。

我曾讀過《金瓶梅》，對於此書相關的爭議，我較熟悉的只有「作者為何人？」這問題。以如此微小認知來閱讀這篇〈魏子雲教授與海內外金學研究〉實在有「小巫見大巫」之感。首先佩服作者為教學急忙「通讀金書」卻大有所悟，而寫下以下話語：「深深折服於笑笑生的藝術成就，沉醉於作者鮮明、生動的小說語境之中，頗為意外地很樂了一陣子。快樂的理由多少也與長年所聽到的對於這部書的貶抑有關，大有『全然不同』的感慨。」讀到此處，我極羨慕作者有機會閱讀爭議性書籍的不同觀點，真是件樂事。其次，我非常佩服魏教授的學者風範，他治學不僅專心、認真，且不計個人成就，只希望能「為後人開路」。更難得的是，他誠心誠意地贈書予張遠芬教授的善舉令我非常感動，但結果卻是：「魏先生所提供的讀書、作學問的原始資料，給予受惠者極大的便利，用來完成批駁魏氏理論的宏文巨製。」我反覆閱讀這段，實在佩服魏教授的心胸，我想，無論他在贈書前是否預料到這個結果，他都不會後悔贈書。

讀完全文，我不只感佩魏教授的學養，更欣賞到一位學者的治學精神，當然更感謝作者的介紹，她不但拓展我在「金學」問

題上的視野，更讓我見識到魏教授的治學風範。

〈山水靜好〉是我特別喜歡的一篇美文，作者以清新脫俗的筆法，寫下她在宜蘭林美山佛光大學擔任駐校作家的經歷，為讀者勾勒出一幅北台灣山區的靜好山水畫，一幅浮現於文字上的山水畫，不僅令讀者賞心悅目，更令我這個曾居住在山中的人，沉浸於美好的回憶中。

我曾住在新店大崎腳的山中三年多，那是北宜公路三段往坪林方向的一個小鎮，下公車後還須步行二十餘分鐘的山路才能到家，那段山路一邊是山壁一邊是深谷。清晨，在蜿蜒的山路上行走，空氣中不時飄來野薑花的香味，眼中更有著應接不暇的美景可賞，還有迷人的山嵐與我玩捉迷藏遊戲，作者的形容，「山坳間雲氣蒸騰」，更是十分傳神，讀著讀著我彷彿又回到虛無縹緲的山間小路上。

記得我是那年的五月中旬搬入，夜間仍須蓋棉被入睡，涼爽又多雨是我對山中氣候的深刻印象之一，也因此特別欣賞作者以下的敘述：「難怪世間許多藝術家喜歡雨，感覺雨水的滴落如同繆思的輕拂，帶來靈感的奔湧。」自幼愛雨的我，更愛山中的雨。我反覆閱讀這篇文章，眼角一度濕潤，有感謝更有懷念，感謝作者生動描繪，寫出令我印象深刻，自己卻又寫不出的台北山區風情，更感謝作者洋溢於文采間的真情，將靜好山水的真善美呈現於讀者面前，使我再度回味那段難忘的山居歲月。

當我從靜好的山水畫中走出後，立刻進入另一個真、善、美的世界。作者與李瑞騰教授及其夫人楊錦郁女士都很熟識，但從未談過彼此家庭的溫馨、瑣細。〈距離在消失中〉是作者在閱讀李瑞騰教授與兒子李時雍父子對談錄《你逐漸向我靠近》後之

感想，並寫出她怎樣從文字中認識台灣學人李瑞騰教授的公子時雍。作者稱時雍為「一位有思想、對文學與文化認真思考的青年學者」並說：「從大學升至研究所，也從社會學轉入文學研究，走上了一條勢必艱辛的路。我自己是母親，深深了解錦郁內心可能出現的憂慮，在人文學科普遍得不到足夠重視的現代生活裡，孩子的選擇預示著可能出現的孤寂。時雍與父親的互相問道卻讓我看到了兩位勇者的坦蕩襟懷。」我反覆思考最後一句話，腦海中浮現的是一幅溫馨的父子對談畫面，幸運的父子，他們互相了解、信任，成就了這段佳話。我想，時雍的幸運在於自幼受到父母循循教導，他有足夠的空間去發揮自己的潛能，認識自己的真實追求，也許不是人人嚮往的多金之路，卻是條讓他快樂又能充分自我發揮之坦途。李教授與楊錦郁這對夫婦不愧都是優秀作家，我特別喜歡作者用以下話語來形容這對夫婦的寫作特色：「瑞騰的文字常常是噴薄而出的，滿溢著對國家、社會、人生、教育以及文學的情感。錦郁溫柔、婉約，文字厚道而誠摯。」他們教育出的孩子除優秀外更是一位有理想腳踏實地的社會棟梁，父母信任並祝福孩子的選擇，孩子信心滿滿地前行，社會因此增加了正能量，如此成功的家庭教育，實在令人雀躍。

　　當我讀到作者介紹李瑞騰教授時，以下這段話令我很是感慨：「文學研究的苦況，他比任何人都清楚，但是他的熱情並沒有在磨折中稍減。現在，兒子將與自己並肩前進，瑞騰是喜悅的，是充滿期待，甚至是歡欣鼓舞的。一篇篇短文，讓我隨著父親的激越、兒子的冷靜以及字裡行間所看到的母親的溫情與無私的支援，逐漸地，走入了這罕見的、充滿哲理又親近生活的語境。距離，讀者與作者的距離，空間、時間、了解與認知各方面

的距離都在消失之中。」這些年的見聞，讓我覺得父母孩子間親近又富哲理的交談愈來愈少見，將這般令人感動的正能量，藉著文字散播給世人，這情境的確令人感動。

我讀完此篇，沉思良久，心中仍充滿激動，於是向李教授寫了一則簡訊，說出我的感動，很快獲得李教授的回覆。

我感到特別開心，因為這篇好文章，讓我再度堅定「家庭教育絕對重要」的認知。

再一次閱讀〈下坡路，慢行〉，我依舊認真思考。其實，我所謂的「再一次」並非是字義上的「第二遍」，因為我每次都閱讀不止一遍。由初閱時的「了解」到一次次的「領悟」，我除了羨慕作者有這位好朋友外，更欣賞張博道大哥的個性，我相信喜愛動手之人，腦力較發達，思維也敏銳。這位大哥的體力更是健壯，七十高齡獨自騎摩托車橫越美國，這是壯舉。想到二○○九年以前的十年間，我與外子因經商，每年春、秋兩季要由達拉斯開車去拉斯維加斯看商展，並載貨回來。這段路程超過一千兩百英里，需時約十八小時，我與先生輪流駕駛都覺得很辛苦，這位張大哥以七十高齡，獨自騎摩托車，更是難得，他肯定細心、專心又用心。與作者短短三十六小時的相處，作者生動地描繪開朗、健談對世事充滿興趣的張大哥很是令人激賞，再加上平易的個性，這是多麼讓人樂於親近的朋友，我好羨慕作者有機會認識這位朋友。

我喜歡此文，因為在欣賞他人優點的同時，我有機會自我檢討，欣賞好文章的益處又添一樁。

我喜歡這篇〈人情之常〉，因為我很贊成作者對「人情」二字「合乎人情」的解釋。世間事不外「情、理、法」三字，要

想兼顧實在不易。文中這位外交官凱先生，為了和投緣的人暢談「談得來」的話題而違法，是件憾事，但我仔細閱讀作者舉出凱先生行為的「人之常情」處，很欣賞作者觀察事物的角度與觀點。雖然「情、理、法」是三件事，但許多時候界線很難釐清，尤其是情感高於理智時。對於作者清晰分析這幾處的「人之常情」，我看到作者的敦厚，也看懂凱先生對自己所鍾愛之人文領域的執著。當然，我最欣賞的是最後一段，作者表示，將在事情「塵埃落定」後，會寄些專書給凱先生，讓他繼續研究他的所愛。我覺得作者對凱先生，除「人之常情」外也兼顧「理、法」，好明智！好溫馨！

　　這篇〈灰色的背影──回憶梅蘭芳先生〉，我讀來特別有感觸，因為想起了愛聽戲的父親。梅蘭芳的戲有多好，我自幼就聽父親經常提起，但我一直好奇，男子如何反串花旦，又如何將女子的美演得淋漓盡致？我終於在這篇文章中看懂了。我反覆閱讀以下這段文字：「我自己在戲園子裡看梅老闆那雙會說話的眼睛在華麗頭面之下顧盼得那般嫵媚，會想到他定睛看著我的神情，會想到他男人的大步流星、男人的果斷手勢，以及男人的言簡意賅。」具備絕對男性特質的梅先生，能恰如其分地把握飾演旦角所需要的氣質，我認為他的認真苦練是首要因素。當然他充滿智慧，能將勤奮所學，完全融入他天生的優點如聲音及外型中，於是他成功了，將中國獨特的京劇藝術推向頂峰。

　　感謝作者，又一篇好文章為我解惑。

　　已經記不得幾次了，我總是一口氣讀完〈海神波塞東的指紋〉、〈奔向普林斯頓〉、〈活的紀念碑〉、〈地標0英里〉、〈百分之三十俱樂部〉、〈一個離我們很近的地方，叫做索

契〉，完全不同的內容卻令我有著同樣的感觸。起初，我好悲傷，這世上還有許多值得我學習的事物，值得我一看的景色，值得我了解的文化，但這兩年因疫情我只能在家中閱讀，卻因眼力衰退而進度有限。更大的悲哀來自二○二一年身體的病痛，我甚至產生大限將至的恐慌，擔心自己無暇再行萬里路、再閱讀更多好書。慶幸就在虎年之初，我感覺膝蓋的疼痛大減，行走更利索，體檢報告也是正向結果居多，我對自己的健康愈來愈有信心。

於是盤算著，計畫再去法國，也要去馬賽搭郵輪出海觀賞馬賽－卡西斯峽灣的壯闊與絢麗，當然我也渴望看看「海神的指紋」。

我也想去普林斯頓大學的博物館看看，無論是否有另一次的「柏林畫師與他的世界」展覽，當然我也知道去前我要做足功課。

至於Key West（西嶼），海明威的故居，那是我早已計畫要造訪之地，如今有韓秀姐這篇好文章的介紹，我不但知道這地方在地標上是0英里，更知道進入故居後的參觀重點。我一定會去看看放置海明威手稿的白色食器櫃，靜心地待上一會兒，我期待那一刻到來時的感受，感謝這篇美文，我造訪海明威故居的目的更明確了。

在閱讀〈百分之三十俱樂部〉之前，我也見過幾處雪山，但不曾想過「紅色布滿山丘」的景觀，每次讀到此篇，總羨慕作者的幸運，能見到每年只露面十八天的「麥可康利」——這個終年積雪的北美第一高峰。如我有機會一遊，我只想看看松本攝影家的作品，看他如何展現這座雪山的華貴，喔！不止，是輝煌！

花了將近十個月讀完這本好書，讀到感動處，寫下些感想，讀讀寫寫，比較每次寫下的不同感受，是我「防疫」期間的愉快

經驗。閱讀一本好書，一讀再讀，在浮想的漣漪中，獲得感知；更有著無限感謝，感謝作者以生動的文筆，將她對藝術、文化、生活的見聞與體悟集結成書，與讀者分享。

　　人說：「行萬里路勝讀十年書。」我讀這本好書，勝過行走萬里路，收穫實在豐富。

　　　　　　　　　　　　　　　　　　　　二〇二二年元宵夜

輯三

難忘遊蹤

自然景觀間的一抹人造純樸

2018年八月下旬，前往拉斯維加斯出席會議前，我在臉書上看到同學介紹，亞歷桑那州的桑多納（Sedona）有座建在紅岩石山間的教堂，我很好奇，遂與先生商量去看看。因我們是自己開車前往，早一天出發可多遊覽一些景點。

我們的車駛入桑多納主街後，即可感受那份觀光小鎮的獨特氣氛，除時尚商店外還有股充滿活力的藝術氣息，令我對這個沙漠小鎮刮目相看。穿過熱鬧街道，我們逕往那座建築於紅岩石山脈間的特色聖十字教堂（Chapel of the Holy Cross）駛去。桑多納的四周幾乎被紅色岩石山丘所包圍，仔細看去，山丘頂部呈淡黃色，底部的磚紅色岩石身上，點綴著沙漠中特有的耐旱植物，這番景象與我印象中的沙漠景觀迥異。

沿著寬廣大道，我們來到教堂山腳下，抬頭仰望；只見立於二座岩石上的「冂」型線條，保護著中間高挺的十字架，並有玻璃鑲嵌於橫豎線條間，如此的外觀簡單、肅穆又與自然景觀十分協調。後來上去見到整座教堂，才知這「冂」型線條正是教堂外觀的剖面，不由得對這「橫看成嶺側成峰」的設計理念讚嘆不已。

順著蜿蜒山路我們來到教堂前，我立刻被正門兩側大片的玻璃牆吸引，對面紅岩山美景完全映照在這兩面玻璃牆上，與教堂內面對正門的十字架及耶穌像同時映入我眼中，大自然的鬼斧神工和人類信仰的表徵，如此完美地融合為一體，我被設計者超俗的構思所震撼，簡樸的建築與壯美自然景觀同時呈現在我眼前，

▶左：立於二座岩石上的教堂
　右：對面紅岩山美景，映照在教堂門旁兩片玻璃牆上。

　　我感受到那份和諧之美，慢慢地、細細地品味著。亞歷桑那州有四分之一是印地安保留區，在這些地區有許多被印地安族老耆輩視為靈修之地，桑多納就是著名靈修地之一，這獨特風格教堂的建立，室內陳設簡單，想必是希望來訪者在此靜思。

　　教堂內部陳設雖簡單，我卻感到十分親切，這簡樸的建築澈底激發我內心的感動，那是種與宗教無直接關聯的感動，我彷彿看懂了設計者的心意，好似在詮釋：無論這世俗多麼繁鬧，人心深處仍有一片寧靜。我靜靜沉思，在天然的石岩間，設計者用原木、玻璃、鋼筋及混凝土等建材，未使用爆破，全賴人工清除多餘岩石，歷時十八個月完成的建築，為原汁原味的山景中添加了一抹純樸與肅穆。藉著這棟建築，為人們與信仰及自然間搭起一座溝通的橋梁，我由衷欣賞這份超凡的構思。也頓悟出一個事實：富麗堂皇的豪宅宮殿雖能引人讚嘆，簡樸純美的建築也能激

起人心深處那份純真樸實情懷。

　　我站在教堂內的另一感覺是，透過玻璃牆射入的光線似乎在訴說：這建築已與大自然融為一體，它既能成為信仰者追求靈命的殿堂，也能帶給訪客一份安寧平靜。玻璃牆外的紅岩石山丘，默默地環繞著這棟建築，彷彿在守護家中一位出色的成員，我陶醉在這份被自然景觀完全融合的建築美景中。

　　走出教堂，我極目眺望環繞四周的紅石岩山丘，近處的山谷滿布耐旱綠植，看得出在沙漠中它們綠得很辛苦，以致藍天也不敢讓白雲攪擾其間，湛藍的天空與精粹綠谷間的紅石岩山丘，彷彿一幅卷軸畫，在我眼前慢慢展現；只是磚紅色的顏料不足，山丘頂端已成黃白色，點綴著綠得很辛苦的灌木叢。我環視良久，發覺這幅前所未見的卷軸畫，竟如春花秋月般地引我入勝。

　　回頭再看眼前這座教堂，如天然景觀間的一抹人造純樸，它烘托著大自然的壯美，大自然也與它融合為一體，我佇立於其間，享受到一份難得的愜意。

沙山如浪不掩清泉水
——登鳴沙山觀月牙泉

　　我期待遊覽鳴沙山與月牙泉的心願始於本世紀初，終於在結束小生意後開始了我的旅遊計畫。也許是上天體諒我這份執念，2019年秋我踏上絲路之旅，是在新冠肺炎爆發前三個月，也是我退化性關節炎惡化的前一年，我很感恩，終於看到了心儀已久的沙漠奇觀。

　　本世紀初，我見過最驚豔的一組絲路美照來自親戚所拍，他與家人租越野車遊絲路，拍盡了沿路景點的絕妙美景。其中鳴沙山與月牙泉最令我青睞，尤其是奇麗無垠的鳴沙山，它沒有「沙土」的粗率、飛揚，反而像位文靜的淑女，任憑風吹雨打它都不隨之亂舞，千年歲月的流動也不曾驚擾它。至於月牙泉更是神奇，它被沙山四面環抱，卻不被流沙所掩，照片中的一彎綠波，端莊嫻靜如大家閨秀。如此的美景在我心中烙印甚深，數年後我遊覽「世界七大奇蹟」之一的金字塔時，雖佩服古埃及人建築與數算之精湛，但論及景色，這些沙漠中的巨塔，不如鳴沙山那般壯美脫俗。

　　當我遊絲路時，心血管內已裝有支架，到達鳴沙山景區後，我不敢貪玩，放棄了騎駱駝的樂趣，仍堅持要「踏沙上山」。可愛的導遊小友盡責地扶著我「踏沙行」，並為我選了條坡度較緩的路徑，縱然如此，到達半山腰時，我的手環顯示心跳已高達120，我看著導遊小友凝重的神色，心中默語：「要爭氣！別給

人家找麻煩。」還好！我挺過來了，到達了我能力極限的「珠穆朗瑪峰」。

　　登上山頂的首要目標是尋找那一彎清泉，站在鳴沙山頂上遠望被此山四面環抱的一彎新月形清泉，我感到興奮、訝異——我興奮因多年心願得償，我訝異因不解為何此泉被沙山環抱卻不被流沙所掩。眼見泉水碧波蕩漾，又想到它「久雨不溢，久旱不涸」的傳說，我更是眼也不眨地貪看著，貪看著靜靜躺在鳴沙山腳下將近二千年的月牙泉；上世紀七零年代，它曾因附近居民不當使用地下水而幾近乾涸，幸得相關部門與專家們搶救得宜，如今的月牙泉才能如往昔般碧水粼粼，岸邊蘆葦也隨風搖曳。

　　好一陣子的遠眺後，我低頭審視腳下的細沙，它們精緻的顆粒卻有著不易四散的獨特性——整片無垠沙山，歷經久遠年代與千萬人的足跡，它們依舊緊緊凝聚。縱然歷經久遠年代，它們的面容仍不現衰老與滄桑，雖然承載過千萬人的足跡，它們的體貌依然健壯豐碩。秋陽灑在我身上，我竟沒有往日傷秋的落寞。2019年春我遊埃及看了幾處金字塔，站在沙地上，我的敬佩中帶有面對歷史古蹟的滄桑感，而面對鳴沙山和月牙泉，我是喜悅的。

　　我極喜歡鳴沙山與月牙泉，喜歡它們以特殊的形貌來詮釋「山」與「泉」，更喜歡造物者這份構思，儘管「沙挾風而飛響」但依舊是「泉映月兒無塵」。

▶作者爬上鳴沙山，背景為月牙泉。

▶鳴沙山蘆葦。（悠彩提供）

輯四

歲月不留白

老樹

搬進這個前後院種滿大樹的房子已二十年，當初愛上的正是前後院成蔭大樹，炎炎夏日裡樹蔭圍繞房屋四周，屋內人可愜意地享受到那分沁心涼爽。

數年後，我們發現車道的水泥地開始出現龜裂，起初以為是地質乾燥所致，直到一位房屋仲介朋友來訪，發現車庫外的那棵大樹離車庫與車道太近，是造成車道水泥地出現龜裂的主因，建議我們要砍掉此樹，以免傷及房屋地基。

至此我們才發現車道已受樹根影響，車庫地基可能也已受到影響，但我與先生都是愛樹之人，對這棵四季常綠的大樹鍾愛有加，不忍砍除，找來地基公司測量，車庫地基沒受損，我們砍樹之心就動搖了。

對於大樹，我有份特殊情感，源自於兒時住家後院的老榕樹。自我懂事起，這棵老榕樹枝葉的覆蓋面已有五六家房舍之廣，樹下的空曠地，吸引附近許多孩童前來玩耍，尤其在夏季，這棵老榕樹是孩子們漫長暑假的最佳遊樂場。樹下可玩的遊戲有跳繩、踢鍵子、丟沙包、玩圓牌、打陀螺、玩彈珠等，那時代這些黃土地上的孩童遊樂是普遍的，但有機會在樹上遊樂的並不多。

我記得那時的玩伴都會爬樹，樹的枝枝幹幹已被我們這群小毛頭爬磨得十分光滑，枝幹上的廣平空間是女孩扮家家的場所，也是男娃兒們嬉鬧的寶地；而枝幹間自然形成的特殊空間，更是我們玩樂的天堂，還為它們取名，廣為流傳在孩子的世界。我最

喜愛那處名為「高樓大廈」的枝幹空間，站在那兒我可見到自家的屋頂，那可能是我最早期「登高望遠」的記憶。

樹下更有忙著做針線活的鄰家媽媽們，那年代沒有電力不足的危機，而老榕樹下的住戶們，更可在夏日享受那份來自老樹遮蔭的舒爽涼意。可惜老榕樹最終落得被砍除的命運，只因更多移入的住戶，急需這一大片土地建房。

兒時的老榕樹是我與樹木建立親密感情的橋梁，移民來美後我一直深愛住處院中的樹木，直到這棵大樹的隱患逐漸明顯後，我才意識到樹木不宜太靠近房舍。這兩年車道龜裂愈發嚴重，地基也受影響，我們決定要砍樹了。

彷彿與老友告別，砍樹前一日，我站在後院注視著老樹，多少年來，它是我開車時的指標：外出時，坐在駕駛座望右看到老樹時，我將車頭向右轉，即可準確地駛入車道；返家時也如此，認準老樹的位置，我便可順利停車。多年來我開車進出都視這棵老樹為標兵，如今老樹要被砍除，我的心情是複雜的，既念與它結下的深厚情感，又憂它造成的隱患，不捨又無奈！

老樹被砍除的前一日，我拿著手機，從不同角度為它拍照留念。其中有張我特別喜歡，我站在後院那棵粉紅色紫薇樹下，面對車庫旁的老樹，鏡頭中，一隻帶花的紫薇樹枝橫在老樹前，與我一起向老樹告別。

我將這張照片傳給好友們，告訴他們我的不捨，也提醒大家，種樹時要注意遠離房舍，老樹被砍除的命運實非樹之過也。

�． 老樹的最後一瞥。

推銷員

　　九月初接近黃昏時的室外依舊酷熱，聽到門鈴聲後，我從書房窗口望出去，門前沒有停車，想必那人是走路來的。緩緩走到門前，透過厚厚的玻璃門，我看到人影已開始離去，拉開門的聲響，驚動了已轉身要離去的來者，隔著紗門看去，我肯定他是位推銷員。

　　他見我開門，趕忙向我走來，卻又很自覺地停在安全距離外。一身休閒穿著仍難掩他那份認真，雖被口罩遮去大半臉龐，靈動的雙眼中透著份令人信賴的親切，僅數秒鐘的接觸，我已感受到他那份彬彬有禮的氣質，對眼前這位青年我充滿好感。迅速打量他一眼，見他手持文件夾，上衣右側繡著一些字，我雖看不清，但想必是公司名，又見他口罩與上衣同色系，簡單穿著已看出他所屬公司的慎重。他見我站在紗門內觀望，立刻說明來意，原來他是一家能源公司的推銷員，隔著口罩，他口齒清晰地向我介紹產品，我邊聽邊更仔細地打量著他。

　　在這社區住了二十餘年，我見過無數上門的推銷員，但眼前這孩子我太欣賞了，他站立的姿態端正又富親和力，說話的語氣謙和有禮，隔著口罩的發聲量仍讓聽者不費力，我聽他流暢地介紹他所推銷的產品，看得出他是位有充分準備的推銷員，我真想成全他的心願。但隨即想到，我們去年才換了家能源公司，三週前剛續約，電費價格又調降了，目前我們不可能另換公司，但為了不直接拒絕，我請外子出來和他解釋，他聽後禮貌地道謝後離

去，就在他轉身離開的剎那間，一小撮輕輕揚起的金黃色捲髮，被午後的陽光照映得格外亮眼，我的心情為之一震。

關好門，我坐在書桌前審視自己的心情，為何我對婉拒這位青年人懷有愧疚感？是疫情讓我的心變得更軟了嗎？我曾拒絕許多上門的推銷員，為何在拒絕這位年輕人後如此傷感？我想是他的態度影響了我，短短的數分鐘內，他的自信、謙恭、禮貌給我好感，離去時的背影沒有氣餒與不悅，多麼有風度的一位推銷員，他給我上了一課。

在我的認知中，總視推銷員為困難工作，不僅因為薪資的不固定，更因為要面對不確定的顧客與意料之外的回應，挑戰性極高，我無法勝任。但剛離開的那位推銷員，他的應對進退間；絲毫不見我引以為懼的困擾，他那份勇於向每位未知顧客挑戰的勇氣，正是我最缺乏的。

今年受疫情所擾，世界各國除有染疫死亡的驚人人數外，經濟損失更讓人心憂，失業率居高不下，各行各業破產倒閉不斷，剛畢業想要投入職場的新鮮人更是一職難求。我不知剛才那位推銷員是職場新人，或是失業後正在努力為再求得的工作奮鬥，但我肯定，沿街拜訪找顧客的工作本就不易，疫情期間更加困難。我剛遇到的這位推銷員，他在拜訪客戶時所展現出的那份誠懇、謙和與自信，我從未見過，但我相信他是位勇者，勇於面對不斷的拒絕，再以更堅強的信心去面對下一位不確定的客戶，這是何等強大的心理素質。我好敬佩！

想清楚這位青年人給我的感動後，我心中的感傷逐漸散去，相信他不會被客戶的「拒絕」所擊倒，並默默為他祝禱，願他越戰越勇，前途多順利。

老友冬陽

我有位很特殊的老友，它是「冬陽」。

那年我十一歲，自幼體弱多病的我，雖然生長在和暖的南台灣，但每遇寒流來襲，我總覺得手腳冰冷，穿再多衣服也難敵逼人的寒氣。那是寒假中的某一日，接近中午時分，父親叫我暫時放下作業到院子裡曬太陽。我坐在小矮凳上感到無聊，順手拾起一段枯樹枝，在地上胡亂畫畫，畫著畫著，手竟靈活起來，不似先前在屋中握筆時那般僵硬。我又下意識地動了動腳趾，咦！腳趾也靈活多了，而且身體漸漸暖和起來。又過了一會兒，我脫去大衣與門外的鄰居小友一起跳繩，開心極了！我立即擺脫以往對寒流來襲時的恐懼。後來父親告訴，是冬日的陽光給了我溫暖。

次日，功課作到一段落，我主動跑到院中曬太陽，邊曬太陽邊觀察這個帶給我溫暖的太陽，瞇著眼瞧，它不如夏日那麼刺眼，卻散發著令人感到溫暖的熱量。我想起一則寓言故事：「北風」與「冬陽」比賽，看誰能使路人脫去大衣：「北風」呼呼地吹著，路人將大衣裹得更嚴實；「冬陽」隨即慢慢散發和暖陽光，路人逐漸感受到熱能，自然就脫下大衣。想到這，我再向冬陽望去，它像位慈祥的老公公，向大地灑下源源不斷的和暖，無論貧富都能享受到這份溫暖。自那年起我不再懼怕寒流，南台灣的冬季少有淒風苦雨，寒流天也可盼到暖陽，它成為我抗寒的寶貝，遂將它放入我的朋友名單中。北上就讀大學是我最想念「冬陽」的時期，台北冬季的冷風寒雨曾將我凍病過，躺在病床上裹

著厚棉被，我更思念我的老友「冬陽」。後來發現，南台灣冬陽不但使人不懼冷，更能曬出特別風味的香腸與臘肉，它也能為我的枕頭與被褥，曬出來自大自然的獨特氣味，此後我愈發珍惜這取之不盡、用之不竭的寶貝冬陽。因為它，我的生活增添了更多的安心與健康，我很欣慰自己在童年就結識了這位「朋友」。

移民來美後，我住在陽光充足的北德州，此地的夏日，陽光毒辣，停放在烈日下的汽車內除蓄滿酷熱之氣外，那方向盤上的熱度甚至能燙傷人手。好在冬陽依舊和煦，為我拾回許多兒時的記憶，尤其是這些年，老友「冬陽」更對我有「補鈣」之功。

早就知道曬太陽的益處，自新冠疫情爆發以來，更聽聞相關報導建議多曬太陽以增強免疫力。我因此更珍惜曬太陽的機會，尤其在冬日，我總在上午十點以前，坐在後院中可完全享受陽光的位置，背對太陽挽起長髮露出後頸，據說這部位的吸收能力較佳。當然我也不忘戴上墨鏡，以保護我那得「青光眼」的雙眼。我同時會伸出雙掌享受陽光，不僅因為中醫朋友告訴我手心曬太陽的好處，更因我右手中指第一節受關節炎影響已變形，我希望日漸老化的手關節也能多享受些陽光。

如果天氣暖和，我會捲起褲管露出雙膝，這二年我被退化性膝關節炎所苦，有機會總不忘讓雙膝也能享受冬陽。坐在椅子上享受冬陽的我，突然想起多年前到雲南麗江旅遊，在四方街廣場欣賞歌舞表演時，見到許多身穿當地傳統服飾的老太太們，蹲在地上觀賞表演，她們皮膚都呈健康的古銅色，四平八穩地蹲在地上，那年我接近耳順之年，已逐漸感到膝蓋的退化無力，「蹲姿」對我已是奢望。

後來聽導遊說，當地婦人常年下田工作，因當地得天獨厚的

好天候，「冬無嚴寒，夏無酷暑」，得以享盡陽光之福，體格特別健康。

　　活動手腳後，我覺得四肢靈活多了，進屋前我抬頭向「冬陽」老友點點頭，說聲再見。

綜合紫薇

　　巷口這家鄰居的前院，原本在轉角處種了棵大樹，數年前的雷雨季，大樹毀於狂風暴雨中，大半棵樹身倒在路上，幸好主人快速處理才不致妨礙交通，也許是因此意外傷害了屋主再種樹的心情。每次開車經過，看到那空無樹木的矮圍磚內，僅留下少許綠草與未完全挖除的樹根，我竟有些失落，總覺得不該讓這方土地空無一「樹」。

　　應該是今年春末夏初吧！對了，就是今年天氣開始炎熱時，我車行至這熟悉轉角，瞥見幾枝含苞的樹枝，說它是樹枝，是因為看不到樹幹，雖無樹幹，但在風中搖曳的樹枝上竟結出串串花苞，直到花苞長大我才看清楚：那是紫薇花苞。

　　從未想過，移民來美後我會住在一座處處盛開紫薇花的城市，本地夏季高溫難耐，幸好有滿城紫薇花沖淡暑熱之氣。記得將近三十年前，我初搬到此地，城中尚可見到長滿雜草的空地上諸多不知名的小黃花，在烈日下頑強地盛開著。隨著不斷開發的新社區，除成排的紫薇行道樹外，家家戶戶的前庭後院也都種起了紫薇，紫薇花竟成為城中夏季最耀眼的風景。有四種花色的紫薇花，包括紅、白、紫、粉紅色，古人認為紫薇以花色紫者為正宗，故稱紫薇。紫薇的花季正是酷熱時節，每見樹梢綻放的串串紫薇花，以嬌小的花身為酷熱大地增添風韻，我就更加喜愛。

　　我曾在紫薇樹下仔細觀察，見到樹梢結滿二三十個花苞，每個花苞裂開後生出六片小花瓣，簇擁著黃色的花心，花瓣呈圓形

▼綜合紫薇。

皺縮狀，邊緣有不規則的缺刻。紫薇花開於枝梢，遠遠看去像是一大朵花，近觀後才看清是由無數微小花瓣集結而成的大朵花，由此可知這紫薇的「薇」字正道盡此花本色。我看這數十個花苞此消彼長持續不斷地開花，才明白古籍上所述「新花續舊枝」的真義，也因此領會紫薇花為何有長達百日的花期。春季百花凋零後，紫薇在盛夏至秋初獨占鰲頭，為枯燥炎熱的大地增添無限風韻，格外惹人喜愛，因此贏得「盛夏綠遮眼，此花紅滿堂」的讚譽。

紫薇樹的另一特色是樹幹光滑無皮，這也是我無法在最初辨識那株無幹樹枝是紫薇的主因。當我確認矮圍磚內新生的植物是紫薇後我很是欣喜，雖然這株異於一般的低矮紫薇花枝，無法與往日的雄偉大樹相提並論，但卻為這空曠數年的角落帶來另一番風情；尤其當我看清，那數株枝頭綻放的紫薇花竟大都包含常見的紅、白、紫、粉紅四色，我實在驚喜。於是我將這塊矮圍磚內視為一座展示台，在新冠疫情肆虐的日子裡，展示難得一見的

「綜合紫薇」。這陣子外出，我總期待多看幾眼展示台中的「綜合紫薇」，甚至有意改變散步路線，繞過去多看兩眼。我不知土下是否有紫薇樹根，也不知為何花朵四色並列，只覺得它好特殊，低矮卻成熟，不但著花且花色齊全，真是城中最有特色的紫薇花。

　　如今，令人心緒不寧的疫情還沒解除，我的心情卻因這株「綜合紫薇」而稍得寬慰，不知明年它是否會再現？我且掌握今夏對它的欣賞。

與水結緣

　　從新聞報導得知，我已做了十五年會員的健身房，因疫情而面臨破產命運，他們的會址遍及全美各地，我所住的這城市就有許多家。數日前女兒告訴我，我經常去那家離我最近的健身房已名列在關閉名單中，今後我要去健身房至少須開半小時車。這消息令我沮喪，其實我主要到健身房去游泳，這可是我十二歲就愛上的運動。

　　我出生在台灣南部，小學畢業，初中聯考結束後，我經歷求學時代的第一次大解放，炎炎夏日的漫長暑假，我隨著玩伴們到附近軍校的游泳池去游泳，消暑健身又有救生員在池邊守護，每家父母都樂見孩子們前往。我接連玩了兩個暑假，雖游不出任何招式，卻練就了「略諳水性」。有趣的是，一個暑假游泳結果也助我長高，記得暑假結束開學後不久，我去裁縫店量身訂製冬季黑色長褲，一個月後取回的長褲已不能穿了，裁縫師說我一個月長高七公分。

　　接著進入初中的惡補階段，暑假也是整天上課。考上高中後，雖又遇一次聯考後的大解放，但已是小姑娘的我，愛美怕曬不敢再去烈日下游泳。幸好考上高雄女中有游泳課，我的「略諳水性」竟成為班上的水中強棒，不僅受同學羨慕，我多年前培養出的游泳興趣也得以延續。

　　大學畢業後輾轉進入南部一所高中任教，該校有設備極佳的游泳池，我兒時的游泳興趣得地利之便再度延續。當時我們住在

學校宿舍，幾位老師便相約晨泳，學校一位游泳教練見我們熱愛游泳，親自指導我們。我在觀看過游泳教學影片，又有專人指導後，彷彿開竅了，游泳姿勢與技術明顯進步，同時學會了自由式與仰式游法，原先不正確的蛙泳姿勢也被矯正，那是我游泳興趣最濃厚的時期。

記得當時最引以為傲的是冬季晨泳，南台灣的冬季雖不如北部寒冷，但遇到寒流來襲時，清晨五點多鐘的氣溫也會降到攝氏十度左右，那時我年輕又有同伴，天色未明時冒著寒風踏著自行車直奔游泳池。在刺骨寒風中跳下水是需要勇氣的，但開始游泳後數分鐘，身體逐漸暖和，那份暢快至今難忘。我自幼體弱，勤於晨泳後除身體強壯外，也不再感冒，又維持好身材，使我更樂在游泳中。

移民來美後忙於適應與創業，以致游泳這興趣暫被擱置。2005年我出車禍後導致身心俱創甚至影響睡眠，朋友建議我恢復游泳，於是我成為這家健身房的會員，幸運地簽了個非常優惠的合約。直到如今，我仍在享用這個極廉價卻又適用於全美各地的好合約。選定去這家會址，因為離我家最近，又有優於其他各會址的大游泳池，從那年開始我又恢復四季晨泳。室內游泳的條件比室外好太多了，那些年是我生命中第二個游泳高峰，我的身心健康也達最佳狀況。可惜因店中缺人手，六年前我無暇再持之以恆地晨泳，更因為這家游泳池日漸擁擠，經常一水道難求，我因此荒廢了晨泳，但依舊每年繳少額會費以維持這優惠的合約。誰知身體狀況竟每況愈下，也許因年事已高，禁不起這種較繁雜準備與善後的運動，偶爾雖也去游泳，但平日都以散步為主要運動。

最近數月，健身房因疫情而關閉，如今又得知我最愛的會址

將永久歇業，心中很是懊惱，為自己這些年的不珍惜而自責。數日沉思後，我決定在疫情平靜後恢復晨泳，即使跑遠路也在所不惜，畢竟在我年幼時即與水結緣，這緣分使我在壯年與步入老年的初期，維持了強健身體，如今已是垂老之年，更當續此前緣，以保身體健康。

與鄰為善

　　二千年春末，我們搬到目前的住所前，與前屋主已是朋友，我們買下他們的房子時，就已得知東側鄰居家的實際面積，還包括我們草坪上約一個半推草機的寬度；也就是說，鄰家車道旁緊鄰我家的草坪上，還有一小條綠草坪屬於鄰家。因此，我常見到鄰居請來的除草工人會在我家草坪推上一會兒。

　　我家這排房子，興建於上世紀八零年代初，那時本市尚未開始繁榮，建商在設計住屋時都為每家建了車道，並預留寬廣的前後院，到如今為何會在面積上有出入，我們也無從深究。其實，那條草坪雖歸鄰居，但兩家間沒圍籬間隔，我仍可享受側院完整的盎然綠意，感覺不到少一條綠草地的遺憾。

　　2014年東側鄰居搬走，不久就搬進新鄰居。我們還未與新鄰居打招呼，他就來按我家門鈴──原來他對自家土地的面積有疑問，他指著手中的藍圖說，他去市政府查過，他家的實際面積應往我家再推進約一個半推草機。如此說來，我家草坪上有約三個推草機寬度應歸鄰居所有。外子聽他說明後回答道：「我們當初買房時也測量過，先前那鄰居說的沒錯。」並表示：「待我們到市政府去問清楚吧！」我們詢問的結果，新鄰居說的沒錯。不久他就將車道盡頭後院的圍籬往我家又前進了一些，但並未拓寬車道。我猜想，可能因為重修車道價格昂貴，且我家前院轉角處有二個矮鐵柱，不知是電話或電力公司所設置，要改車道既要向市政府申請修改我家前院的人行道，又要通知另一家公司移動鐵

柱，費時又費事，只得作罷。也或許還有其他我們不了解的原因吧！好在二家草坪間依舊沒圍籬，我也依然能欣賞東側整片草坪的綠意，只是我家除草工人的工作又少了一點點。

老實說，事情剛發生的前兩年，我心裡是有些不舒服的，我們與東側新鄰居也一直沒怎麼來往。我心裡總嘀咕：不知這些年市政府的資料為何會改變？但當理智戰勝情緒時，我也會告訴自己：人家維護自己的權益，何錯之有？甚至以清朝大學士張英的家書來勸慰自己：「千里修書只為牆，讓他三尺又何妨？萬里長城今猶在，不見當年秦始皇。」何況新鄰居並未在新範圍上築牆，我們又何須計較？如此我逐漸釋懷，自幼深植我心「與人為善」的庭訓終於喚醒我要「與鄰為善」。

一晃七年過去了，前陣子我們要重修後院緊鄰車庫旁的一小塊圍籬，連請二位工人來估價，價格愈估愈高。五月初的一天黃昏時分，我到前院取信，巧遇東側鄰居也出來拿信，他與我打招呼，我在回應的同時，想到請他幫我估算重修圍籬的價格。之所以會想到他，因為這些年常見到他親自整修自家後院。而且清晰記得，那年他擴建圍籬時，親自將我們原先做的兩個灑水龍頭挪到我家的新地界。那是個高難度的工作，移動地上的水龍頭前，先要移動地下管線，能完成如此工程的人，修建圍籬是沒問題的。果然，他答應了，並同意先給我估價單。

一週後我們收到他的估價單，非常合理的估價，我們完全接受了他的修建計畫。他在施工的同時，並主動為我們砍除今春因酷寒而凍死的無花果與枇杷樹。此刻我心中非常欣慰，不僅因為圍籬得以修建，更因為與鄰居的愉快交往，而獲得他們格外的照顧。五月底我膝蓋動手術前，外子已因多年前摔傷脊椎而不良於

行，我們無力承擔戶外工作時，幸得兩側鄰居多方照顧，使我深深體會「遠親不如近鄰」的真義。

　　「與鄰為善」是應有的認知，更是利人利己的行為。

▌作者鄰居前院盛開的紫薇花。

助人最樂

　　近日我被腿疾所苦，先是髂脛束症候群（IT Band syndrome），後來膝蓋內側也開始椎心刺骨之痛，須拄著拐杖行走。醫師診斷可能是膝蓋半月板出問題，須做MRI（核磁共振）以確定病因。

　　那日我做完MRI等著拿碟片時已是午餐時間，我索性與外子先去用餐，再回到診所順利拿到碟片。就在我拄著拐杖慢慢轉身離開時，我已感覺到身後有人站起來為我開門，心中頓生感激之情，行動不便者外出時總格外受到照顧。但當我看清楚為我開門的這位女士，她的左手肘至手掌間包紮得嚴實並掛著吊帶，我感動不已——她也是病患，卻熱心地為我這行動不便者開門，我甚為感謝。走到她面前向她深深一鞠躬，不僅感謝她對我的幫助，更感動於她以病患的身分幫助她認為更須幫助之人。就在我向她行鞠躬禮時，我見到她露在短褲外的小腿是健康的古銅色，我想她定是位常在室外工作又熱心助人之人，她雖傷了左手，仍以右手為我開門，我更不該因自身病痛而自怨自艾。

　　離開診所後，我與外子同去大賣場購物。感謝商場對行動不便者的照顧，幾乎每個大商場都有電動購物車。本地超市或商場的店面都十分廣闊，貨架與貨架間距離也很寬大。我以往從未開過電動購物車，自腿傷後才開始使用這種購物車，駕駛起來非常容易操作，選購的貨品可放在前方大鐵籃框中，大件物品也夠放，實在方便。尤其難得的是，顧客可在購物後將此電動車直接

開到停車場，再將所購之物裝車，用完的電動車不用送回商場，只須關閉電源，停在停車場的空位上，自會有工作人員來收車。

自疫情以來，我們總會買幾箱2.5加侖裝的飲水存用，前陣子風雪肆虐後本州仍有多處停水，我們存飲水的工作更不敢鬆懈。外子多年前因摔倒而傷及椎間盤，近年來更因嚴重的膝關節炎而不良於行，如今我也行動不便，採買結束後，兩人各駕駛一輛電動購物車緩緩向停車場駛去。外子比我先到達，遂以遙控鑰匙打開後車箱，我跟隨在後，只見一位男士停下來與外子說話。我見他頭髮全白，口罩外的鬍鬚也與髮色相呼應，心想，他必是也需要電動購物車，遇到我們就可先使用了。誰知我錯了，原來這位看來年紀不輕的男士，是要幫助外子搬水到車中。又是一位讓我感動的善心人，我竟誤會他了。

自腿傷後，我格外感受到被善心人士照顧的溫暖，除不相識的路人外，我的好鄰居更讓我感動。他看我拄著拐杖推垃圾桶，就默默幫我將被清理後的垃圾桶推回後院，我向他道謝時，他索性對我說，以後推垃圾桶時叫他一聲，由他負責。更讓我訝異的是，他也是「髂脛束症候群」患者，只是經過治療後目前已無大礙。

自幼受到「助人為快樂之本」教育的薰陶，我也樂於助人，但還未能達到以上這幾位的境界。受到這幾位善心人士的啟發，我在心中思量著，人難免有病痛或磨難，但無論如何都不該抱怨、洩氣，並應盡個人所能去幫助更需要幫助之人。

古董傢俱

　　我家的起居室，除挑高的屋頂外，還有整面木質牆壁，外子喜愛木質傢俱，自然鍾愛這質感厚重的牆面，因愛牆而購屋，家中的木質傢俱在這面牆的陪襯下一片和諧，如今年事越高，看這些「老伴」也越來越順眼。

　　目前我家共有四件木質傢俱，最年輕的是一套八件紅木几椅，說年輕也有三十多歲。它們的原來主人是我的同窗好友，上世紀末友人全家返台定居，我就買下這套傢俱。這些年在傢俱店中看到許多新款座椅茶几，我們都沒換置，因為喜歡紅木傢俱的厚實感，而且這套几椅的木質甚佳，是近年來所見紅木傢俱品質無法相比的。家中其他三件木質傢俱，在此套紅木几椅的襯托下，也洋溢著融洽與相得益彰之美感。

　　家中的次高齡木質傢俱，是一個木書桌與一座木質立鐘，這兩件「寶貝」都是越戰期間外子在亞洲工作時購買於台灣。先談這書桌，我一直認為這是張豪華書桌，其亮點是桌面鑲嵌著那塊棋盤大小的花蓮大理石，如今的石色愈發沉穩。桌面下方兩側各有三個抽屜，外加桌面正下方的大抽屜，顯示這書桌超大的容量。每個抽屜上不但有精巧的活動拉扣，抽屜外表的凸槽造型更顯示工匠手藝之精巧。桌面上有木架覆蓋，既安裝了活動日光燈，燈架兩側又設置橫與直兩種隔板，隔板倒懸於桌頂，既不佔桌面空間又增加歸類文件的放置場所，設計非常完美。再配上桌面兩側邊波浪型擋板，整個書桌的功用與造型都堪稱上乘，書桌

頂端還有質實的覆蓋厚板，不僅四周凹槽刻紋細緻，且足以承載各類厚部頭書籍，它是我見過集美觀與實用於一身的書桌，雖已年逾五十，木質仍堅實，外型也雍容，更難得的是鑲嵌於桌面上的那塊花蓮大理石，在歲月的的淘鍊中，竟透著如玉石般的溫潤色澤，墨綠與翠綠交織出的不規則紋理，如景似畫，是我閱讀或寫作疲累時調節視力與腦力的潤滑劑。

至於那座立鐘，早已不再報時，它被安置在木質牆壁側前方書房門旁，雖已過「知天命之年」，但因造型美木質色澤依舊沉穩，已成為屋內的裝飾品。久不運動的鐘擺、銅鍊與鐘面，隔著玻璃護罩仍亮麗如新，可見其質料甚佳，唯一的缺失是底部儲物方櫃外的四邊裝飾木，因多次搬家而損壞，多年前已無法找尋修復的工廠，儘管有此瑕疵，我們依然珍愛它。

家中的老古董是架質地極佳的鋼琴，嚴格說它才是我家唯一的寶貝古董，不僅因為它已將近百歲，更因為它是外子祖母傳給他這位長孫的遺物，雖歷經三代，鋼琴的外型仍極亮麗，木質的紋理透著歷久彌新的沉穩，彷彿在說明它高品質的出身。二十年前我們送入琴行保養後，至今仍光澤如初，它端莊自若地倚立在木牆邊，是屋中最搶眼的傢俱，一座能彈奏出悅耳聲調的琴，竟也能在外型上擁有令人愛慕的色澤與造型，足見工匠製作時的用心，再加上這是親人的遺物，我們更為珍惜愛護。

木質傢俱的保養很重要，年老體衰後，我已缺乏為它們擦抹保養油的精力，今年初請了位每月來家大清掃的墨西哥太太後，起居室中的幾件木質傢俱又發出透亮的光彩，木質傢俱的靈性也在擦拭後愈發明顯。

對於這些古董級的傢俱，我總是越看越喜愛，雖然它們年歲

已高，但每次欣賞時，我見到的不是歲月匆匆之滄桑，而是歷久彌新之古樸雅致，我們當然珍愛。

虛驚一場

週六清晨起床，室內溫度只有六十一度，室外陰暗如黃昏，時序入秋後今日氣溫明顯下降，我順手開啟暖氣。

入夜後我漸感體溫上升，隨及又感到陣陣虛寒，心頭猛然一震，天啊！我病了嗎？立即拿起額溫槍測試，體溫竟升至99.3，與清晨正常體溫明顯有異。忐忑不安地「挨」過一小時後再測，體溫已上升至99.5，心想次日為週日，我找不到家醫，這微熱體溫也不須去看急診，洗澡後服下一粒TYLENOL，希望一覺醒來平安無事，但新冠疫病期間的發燒是格外令人擔憂的。

睡到兩點半左右自然醒來，坐了一會，確定被褥中的餘溫已消，再量體溫仍是99.5，喝了些溫水迷迷糊糊又睡著了。清晨起床後，照例測量血糖、血壓，這天最關心的是體溫與血氧，測量結果血氧正常，體溫又升高了，99.6比正常體溫高出一度，我的憂慮卻不只增加一度。立刻撥電話給女兒，因她辦公室主管日前與染新冠疫病的患者接觸，次日來上班又與所有同事接觸，那日女兒休假，但週一上班時女兒也和同事們有接觸。事發數日後，女兒辦公室幾位高危險同事都被送去接受測檢並強制隔離。

那次女兒雖未被列入高危險染疫名單，但我聞訊後也為她擔憂不已。如今女兒辦公室的染疫風波已平息，但她因此對新冠疫病有更深入認識。聽說我體溫偏高，她也掛念，急忙問我四肢是否痠痛？味覺與嗅覺是否異常？我回答說一切正常，只是略有些咳嗽，但這咳嗽是老毛病，家醫與專科醫生都說是過敏無大礙。

女兒聽我說明後叫我安心，只要體溫不大幅升高，不要隨便去看急診，以免在人多處加重感染機會。

放下電話後我開始往深處想，萬一我染疫外子是最易受感染的，他既是專家口中所謂的高危險「老、白、男」，又是三高患者，想到這；我立刻戴上雙層口罩，小心準備餐飲。午餐前再量體溫仍高達99.5，我不免想到該為居家隔離做準備，於是上網研究購買日用品的細節，吃完中餐後，索性將體溫槍放在書桌上隨時測量，無奈每次測後的顯示數字仍高達99.5，絲毫沒有下降跡象。雖然體溫偏高已將近一整日，但我沒再服用TYLENOL，深怕被壓制的體溫會掩飾真病情。

想到我自疫情爆發以來，極為重視防疫措施，更注意營養，若仍染疫真不知該如何是好？不久我發現外子的體溫也開始升高至99.5，這晚我更是憂心不已，準備次日與家醫聯絡。

週一清晨，由家醫處得到幾家疫病檢測處的電話，我選了位於郊外的小診所，刻意預約人潮較少的時間前往。護士問清狀況後為我及外子量血壓與體溫，也許因為緊張，我的血壓偏高；奇怪的是，口腔溫度顯示體溫只有98.2，外子的體溫也正常。此時我心情輕鬆不少，只是檢測時深深插入鼻腔中的兩支棉花棒痛得我落淚。

檢測後醫生與我們談話，並告訴我們十餘分鐘後就會有結果，我們可回家等消息，此時我才知道我們接受的是「快篩」檢測。果然很快，尚未到家就接到檢測結果，我們並未染疫，真是好消息，立刻將車轉向開往超市，又可戴著口罩採購日用品了。

返家後告訴女兒這好消息，她分析是額溫槍失準，引得我們虛驚一場，建議我們再去買一個腋下測溫器，可與額溫槍比較結

果。當然；這檢測結果也肯定我的防疫措施有效，並要繼續注意飲食起居，以求平安度過疫期。

年菜今昔談

　　一大早接獲朋友傳來臘八的祝福簡訊，想起東方超市早已擺設各式年貨，頓時心中激起陣陣欣喜，雖已年屆古稀，想到過年我依舊開心。

　　我對「過年」的最初記憶是舞獅舞龍與踩高蹺，接著就是好吃的年菜，而後者不但令我難忘，更對我日後生活影響至深。

　　我在眷村長大，過年前各家院中掛曬的香腸、臘肉是農曆年前最美的風景線，它象徵著富裕與即將到來的圍爐團慶。我家左鄰右舍盡是來自湖南、四川、廣東、東北各地的婆婆媽媽們，她們在院中曬出大江南北的不同風味。常吃「百家飯」的我，最愛隔壁劉媽媽做的湖南臘肉，也極愛後街曾媽媽家川味豆腐香腸，不遠處錢婆婆家的廣式肝腸更是美味無比。這些兒時的記憶，使我成年後對「臘味」情有獨鍾，「臘味飯」遂成為我最愛美食的首選。

　　我家的年菜除雞鴨魚肉與臘味外，特有一種甜食名為「豆茶」。父親出生於浙江餘姚，他說「豆茶」是當地人大年初一的傳統早餐，是以紅豆、蓮子、紅棗、乾桂圓肉等食材熬成的濃粥，吃時放些切好的水磨年糕同煮，味道香糯美味。記得父親總在除夕夜熬「豆茶」，一邊與我述說兒時事，有次說到一樁熬「豆茶」時老宅不慎失火的意外，眼中還泛著淚光。我因此懂得，對父親而言，過年熬「豆茶」吃也是「思親」的表現。此後過年，尤其在父親去世後，即使移民來美，我也總會在除夕夜熬

「豆茶」。隨著手中轉動著的湯勺,鍋中逐漸濃稠的豆茶,伴我思念起與父親言談時的景象,我的眼中也含著淚。

移民來美之初,我住在沒有東方超市的鄉下,只得包水餃慶新年。記憶中眷村媽媽們過年多包豬肉、韭黃餡水餃,我則選擇以菠菜、豬肉與鮮蝦為餡,煮出麵皮透著紅蝦肉與綠菜丁的美味水餃,自此我家中年菜多了一盤水餃。次年搬到東方超市林立的大城,「臘味飯」又回到我的年菜桌上,只是香腸與臘肉不如昔日醇美,我只能閉著眼咀嚼出記憶中的「臘味」。

隨著年齡漸長,我的年菜桌上少了「臘味飯」,多了「什錦菜」,我喜歡黃豆芽、金針菜、胡蘿蔔與芹菜絲中加上香菇及木耳絲的混搭,再加上豆干絲與筍絲的陪襯,最後切些蓮藕絲加上綠色蔬菜的點綴,看起來吸睛,吃起來美味健康,近年來已成為我年菜桌上的新寵。年菜桌上的水餃也改成素餡,因為少了肉質的黏度,以蔬菜為餡的水餃不太好包,但吃起來絕對安心。這幾年紅燒肉與八寶鴨及滷牛肉也都退出了我的年菜桌,取而代之的主要肉品是豬肉或雞肉丸子,我用它們來擔任火鍋湯的主角,配上南瓜片、番茄、豆腐、金針菇與綠葉菜等,再加些魚片,就完成一鍋令人垂涎的年菜火鍋,我稱之為「圓滿黃金鍋」,是年菜桌上的主角。當然也不忘「年年有餘」的好彩頭,這些年我已習慣以「清蒸鱸魚」來添彩,簡單美味又養生。

除夕夜我依舊熬「豆茶」,只是份量少了許多,除自己吃外,多分送些給朋友,朋友們也都喜愛,我則藉著熬煮「豆茶」,又抒發了幾許思親之情。

年菜隨著我的年歲逐漸由繁入簡,由葷轉素,但難忘的昔日年味,永伴著我不曾減退的思親情懷。

難忘的夏夜

那晚，透過起居室的落地窗，看到夜幕已低垂，但今夜並非漆黑如濃得化不開的墨色。突然，一個念頭閃入腦際！年近七十的我，經歷過無數黑夜，有幾處不同的夏夜令我印象深刻。

兒時家中有一小桌子，長方形的高腳桌，身披棗紅色，記憶中那張桌子的漆色泛著亮光，尤其在暗夜中，炎炎夏夜裡，父親將藤椅和小桌搬到院中天井，矮小瘦弱的我喜歡躺在小桌上聽父親講故事，仰望滿天小星星，或在我頭的上方，或透過竹籬縫隙，眨眼的小星星每晚都來和我打招呼。記憶中那時的夏夜是親切的，是充滿盼望的，因為有眨眼的小星星，有父親講不完的故事，從「一千零一夜」到「中山狼」，甚至「台兒莊戰役」。

當父親進屋添茶水時，我望著星空竟想著：「人死後到哪兒？轉世？人類是否會永遠存在？」矮小身軀的我，腦中一直被這大問題困擾，這問題和寧靜的夜與小星星一起伴著我成長。

成年後的我曾在台北新店山區住過，記得我是在五月下旬搬入山中，山區景色極美，尤其在晴朗的清晨，縷縷山嵐環繞重重翠嶺，在藍天白雲間美不勝收。不久我經歷了第一次夜行山路，下了公路局車，走過石階，開始進入彎曲的碎石山路，一邊是山壁，另一邊是深谷。我轉入山間小路的那刻，想到的形容詞是「伸手不見五指」，隨即我閉上眼定定神，再睜眼，夜色很濃但有星光，清晨的翠嶺已披上夜行衣，我見到自山谷間灑下的月光，還有星光相伴，只是山間的星光離我近了許多，也許是我與

兒時的小星星都長大了吧！我與同伴靜靜地走在碎石路上，將腳步放得輕緩，深怕打擾黑夜中的寧靜。或許兒時與黑夜建立的感情已深入我心底，我在夜色中總有與老友重逢的喜悅。此刻，我腦中的大問題又浮現了，生死與人類依歸的問題我還沒找到答案。

　　北美的夜色與台灣不同，首次令我訝異的是在南達科他州拉什莫爾山國家紀念公園（Mount Rushmore National Memorial），那兒的夜空在晚間將近九點還沒全黑，巨石山後的天空，那大片的藍、灰藍、深藍、捨不得變黑的藍，在我心中烙下深印。我定睛凝視，懷疑巨石山後有位魔術師，我不想錯過魔術師將天空罩上一襲黑衫的那一瞬間，但我還是錯過了，就在我眨眼間，天色全黑了。那是我移民到美國的第一個夏季，這個詭譎多變的夏夜，與我兒時相識的小星星，一同進入我的記憶匣中。

　　多年後我與外子因經商而披星戴月奔走於北美各地，那個夏夜，我們仍在猶他州山中趕路，山色與夜色身披著不同程度的黑。我們翻過一個山頭，眼前突然出現一個又圓又亮的大金盤，此生從未見過如此美麗的月亮，也沒見過如此低矮的月亮，彷彿就在車頂，它將那晚的夜色添加了金色，我們追逐著月亮翻山越嶺，陶醉在黑金色夏夜中的我，將這幅富麗的夏夜圖也放進我的記憶匣中。

　　搬到達拉斯長久觀察後，我發現本地的夏夜又是另一番景觀，這兒的夏夜是由淺藍、深藍，慢慢地、慢慢地轉為黑色，夜幕披上黑衣時已是十時以後。我曾在天邊仍是小片淺藍連接滿天深藍時外出散步，四十多分鐘後，那小片淺藍依舊滯留在原處，我想，也許是磨墨者要準備極大量的墨汁，才足夠抹遍達拉斯遼闊的夜空，所以費時。

　　在如此遲遲拉下黑幕的夏夜中生活了將近三十年，偶爾打開記憶匣子，那幾類我懷念的夏夜景象依舊鮮明，只是兒時小腦袋中的大問題已不復存在了。

門前的座椅

　　因為疫情，我已許久未在社區間散步了。直到最近，疫苗問世令人安心不少，我又見院中樹木已轉色，想必社區中鄰居院裡的樹木也是一片繽紛色彩，於是我決定恢復散步。

　　社區人行道上果然灑滿落葉，與微風中枝頭的秋葉遙相呼應。我邊走邊觀賞久違的街景，突然被一戶人家門前的雙人座椅吸引，那是寬木條釘製且剛擺放在室外不久的座椅。想到主人坐於其上，在黃昏觀夕陽，在夜間納涼賞月，該是何等愜意！就在我邊走邊想之際，又見一家門前也擺放了座椅，與前者不同，後者是兩張單座椅，這種座椅也是寬木條製作，但較雙人座椅寬、矮，主人在椅上擺著椅墊，坐起來肯定更舒適。接連兩家人門前的座椅引起我的好奇心，竟也注意起來：我每次行走將近四十分鐘，兩條長長行人道旁的住家約三四十戶，竟有七八家門前都擺放了座椅，且多為木質雙人座。我突然對社區中這景象產生好奇心，為何數月不見的許多鄰居門前會擺放雙人座椅？是疫情使人們無法遠遊只得閒坐院中賞景嗎？

　　邊走邊想，腦海中浮現一景象：大約十年前，我曾到Ohio（俄亥俄州）的雅典城鄉下小住數月，每日清晨散步時，我總會走到街道盡頭，那兒有條小溪，溪水十分清澈，映著晨曦中逐漸甦醒的藍天，煞是美麗！溪前有片綠草地，應該是市政府特別規劃的綠地，那兒三面無車道，我常在草地上做簡易體操，徹底舒展四肢後，沿著小溪旁再走一會才返回住處。

從第一次來到小溪邊，就見到一張深綠色鐵質雙人座椅，我原以為是市政府擺放供行人之用，正奇怪為何在長長的溪邊只放置一張座椅，卻發現那是件捐贈品。椅背的小鐵片上刻著捐贈者的姓名，並有段說明這家兒女懷念父母——一對恩愛的老夫妻，他們離世前的歲月，只要宜於外出的日子，幾乎晨昏都來此散步，看著剛升起的朝陽，望著緩緩下沉的夕陽，這片空曠的草地為老夫婦的生活增添許多樂趣，只是老先生最後不良於行，老太太推著坐輪椅的丈夫每日前來，她自己則坐在草地上，與丈夫共同享受自然景觀與寧靜。當老夫婦過世後，兒女們捐了這張椅子，希望再來賞景的路人有座椅可休息，藉此紀念他們逝去的父母。自那時起，這張雙人座椅，就成為我記憶中最美的座椅之一。

如今見到社區中許多人家都擺放著雙人座椅，我又想起了那張深綠色鐵質雙人座椅。我猜想，有空閒坐在椅子上的人，必是生活較悠閒，對了！很可能這附近增加了一些退休者。最近幾年的萬聖節，我已不見附近有小孩來家裡要糖，左鄰右舍的孩子多已成家立業。我們這一帶雖非新興社區，但每戶都有寬廣庭園，且交通便捷，治安良好，鬧中取靜，我住了二十餘年很少見人家搬走，許多人也將近退休年歲，如此說來，擺張座椅享受愜意的退休生活，也是合理的推測吧！

這番猜測後，我再見這些座椅時，心中就會興起一陣喜悅，當人們不須再為生活奔忙時，坐在門前座椅上愜意地欣賞街景，也是人生中的一方美景。

咖啡的魅力

咖啡以「魔力」的姿態進入我的生活，如今它在我的生活中則是「魅力」無限。

三十五歲似乎是我人生的一個分界線，在此之前，我努力奮鬥的求學與工作歷程雖辛苦但仍平順。直到三十五歲那年，相依為命的父親驟逝，我的情緒受到極大衝擊，嚴重失眠導致我身心受創，但白晝仍須工作，就這樣我認識了咖啡的「魔力」。此生第一杯咖啡是極普通的「即溶」咖啡，還是住我對門同事鄰居請我喝的。記得第一杯咖啡下肚後，我體內的瞌睡蟲全被打倒，精神為之一振，我因此愛上了咖啡的「魔力」。

我一直以為自己應該愛喝茶，父親在世時品茗閱讀與練字的情景是我印象最深刻的，因而認為我的書桌上也應擺杯清香晶瑩的茶水，伴我批閱作業與備課。可惜茶水與我的胃無法和平相處，直到接觸咖啡後，添加些許牛奶後的咖啡說服了我的胃，我就逐漸愛上咖啡。朋友說：若牛奶可調合咖啡與我胃間的矛盾，何不在茶水中也加牛奶？我說：我獨愛茶水的清香晶瑩。咖啡就此進入我的生活。

移民來美後，喝咖啡的選擇更為多元，我愛上研磨咖啡豆後烹煮的咖啡，起床後的初步提神劑總是研磨咖啡時散發的香味，一日之始也在喝下第一杯咖啡後。如此日復一日，咖啡的魅力深深吸引著我。清晨手握香濃咖啡，坐在落地窗前慢慢品嚐，望著院中清新的花朵，瞧著晨曦灑在草尖露珠上的耀眼金光，心中的

那份愜意使我更鍾情於咖啡的魅力；但我從不貪杯，也遵守「過午不飲」以保夜間安眠的原則。

這些年因為咖啡的魅力，我極關心烹煮咖啡的各項事宜，首先注意烹煮咖啡工具的選擇，從關心咖啡機的濾網開始。最初我使用一次性的白色濾紙，但由報導得知白色濾紙使用漂白劑，長期飲用這種濾網過濾咖啡有礙健康，我立刻換成未使用漂白劑的濾紙；不久又換用不鏽鋼濾網，如此不僅有利環保，更能保留咖啡的原風味。工具選妥後，我開始學習選擇咖啡豆，一位經營咖啡生意的朋友建議我選用深度烘培咖啡。因我愛飲用加牛奶的咖啡，外子愛喝黑咖啡，經過多次嘗試，我找到幾種芳香、純正、酸味適中的深度烘培咖啡，加入牛奶後口感較溫潤，香氣也更豐富，外子也可充分享受黑咖啡的香醇原味，至此咖啡在我生活中魅力無限。

原以為每日磨咖啡豆後烹煮咖啡是我飲用咖啡的最佳選擇，誰知科技進步又為愛飲咖啡者帶來一種新產品，前些年外子開始注意Capsule coffee（膠囊咖啡），若要品嚐這種咖啡還須使用專屬咖啡機，卻因新產品價格昂貴，我們一直觀望著。終於等到優待價，外子這位愛喝咖啡的老饕，與最新科技產品才有了交集，他非常開心，只是我少了清晨研磨咖啡豆的樂趣，有些失落。

三月初開始的疫情令我減少出門購物機會，Capsule coffee存貨用盡，我又想起珍藏的咖啡豆，重溫研磨咖啡豆的樂趣，為我禁足無聊的日子增加了一抹香醇。

我想今後我家的咖啡可能會多元化，因著咖啡的魅力，我依舊想保留研磨咖啡豆的樂趣，而Capsule coffee的簡便也有迷人處，更何況最近我無意間買到一種非膠囊材質的同型咖啡，與新

機器合作無間，既可消除我對膠囊加熱後的不安全感，又可享受便捷，何樂不為。

　　自初識咖啡魔力至今已三十餘年，咖啡對我仍是魅力無限，尤其退休後我安享讀書與寫作樂趣的同時，也享受著咖啡的魅力。

故居的鄰居

許多人都有搬家的經驗，但搬到隔壁的經驗大概不多吧！

我們原來的房子成回字型，前方與兩側分別是起居室、主臥室、遊樂間、餐廳、廚房與兩間臥室，後面是一個大車庫，中間是座游泳池，每個房間都可由落地窗看到游泳池，時時可見到一池藍水，景觀極佳。但因外子與我的書籍較多，又有些收藏愛好，我們考慮換較大的房子。因為非常喜歡這鬧中取靜、交通便捷的社區，所以得知隔壁鄰居要售屋，他們的房間坪數也符合我們要求時，我們立刻決定搬家。

外子以往在聯邦政府機關工作，每次因公搬家都有專人協助，直到25年前我們由東部往西南部搬家，他已離開公職，搬家事宜完全自理。在那次「大遷徙」中我也被迫跨州開車，那年代手機還是奢侈品，我跟在外子與親戚分別駕駛的搬家車後，進入州際公路隨時有被車陣衝散的可能，戰戰兢兢搬到新家的經驗是難忘的。與那次跨州搬家相比，這次搬到隔壁的工程簡單多了，我們一家三口很快就搞定。

當鄰居成為「故居」後，我們先將這房出租，千挑萬選的房客與我們簽下「先租後買」的合約誰知「故居」出租後不久，就遇到房客拒付房租，而且這是位經驗豐富的刁鑽房客。幾經周旋我們終於要回房屋，花錢整修後我們決定出售。驚魂甫定的我只想趕快賣房，竟讓幾位年輕人組成的「炒房」公司低價收購，稍加設計後以超高價賣出。

　　我們的「故居」易主後搬入的第一家人，是位單身漢和他的母親。因我們兩家間沒圍籬，我在後院與隔壁女主人見過幾面，她是位很隨和的白人老太太，主動告訴我她離婚後搬來與兒子同住；但她兒子不如她隨和，很少見他外出，偶爾出現在後院也都看似心事重重。那日我出門上班時，只見隔壁的前門口停著兩輛警車與男女警員，我雖好奇卻未過去探問，但見對面鄰居太太正與警員交談，我決定明日去向她詢問，畢竟鄰家有事我不能不聞不問。

　　次日上班前，見到對面鄰居太太正在前院遛狗，我與她打招呼後問起我「故居」的鄰家事，她長嘆一聲後向我說起鄰家的大事。原來她與我這位「故居」鄰家老太太常交談，昨天一早，老太太去找她，說她兒子不理會家中收到的帳單，以致她家今早被斷水又斷電，老太太說話時神智有些恍惚，不久又說她兒子有病，開刀後一直沒回診。對面鄰居太太說她是位退休護士，很在意病人不回診，又聽老太太說她兒子很虛弱地躺在床上，於是決定報警。警察來後除召來救護車送走病人，還發現游泳池畔種了大麻，更見到需要人照顧的老太太，於是聯絡女警來協助處理。我聽到此直呼不可思議，後來又聽說，隔壁這位男主人因病手術後無法再工作，迷信大麻可治療他的病，因此在游泳池畔種植。如今吃上官司，又付不出房貸，房子被法拍，他的老母親原本精神有些失常，如今已由社福機構收容。聽完這驚悚故事後，我細算「故居」的首屆鄰居只住了半年。

　　半年後，我的「故居」搬來另一位鄰居，我稱她為快樂的Nacy，參加完她的喬遷聚會後，我們成為好朋友，我很高興「故居」終於搬來位好鄰居。Nacy非常可愛，大熱天常穿著游

泳衣在花圃間工作，見到我就說，等她先生退休後她就不用再管院中事了。果然，一年後男主人回來，整日忙著整理庭園，又重新裝修屋子。

　　如今十餘年已過，我很高興我的「故居」一直被妥善照顧，更高興我與「故居」的鄰居守望相助，快樂為鄰。

失業的威脅

　　五月初一天晚上，我在電視上看到一位女孩的故事：她是位美麗又陽光的卡達航空空服員，因新冠疫情衝擊，優渥工作被凍結。但她沒有灰心，找到一份動物園飼養員的工作，日薪約四十四美元，只簽下八個月的短期聘雇合約。她的工作區域在爬蟲動物區，據說服務對象還包括毒蛇「龜殼花」。相較於原來的高收入工作，她選擇勇敢面對失業的現實，把握一切她所能掌握的，真是好難得的一位勇敢女孩！

　　次日，我得知女兒公司開始計畫裁員，大概五月底有確實消息。女兒學的是環保專業，在天然氣公司工作，當三月下旬國際石油價格開始下跌時，我就有些擔心，問女兒她公司是否會因油價下跌而裁員？她淡淡地說：「當然可能，但現在想那麼多也沒用。」

　　其實這已不是女兒初次遇到裁員危機。她畢業後進入職場不久就遇上金融危機，她所在的公司一年中被出售兩次，人事權由新公司掌握，當時也是好一陣子的心驚膽戰，幸好她兩次都被新公司選中，一直工作到如今。經過十年，她的薪水與工作經驗都增加了，但她是否還會有十年前的好運呢？

　　我懸著一顆心等到五月底，得到的消息是；公司將在六月初和中旬分兩波裁員，共有約七百人會遭到裁員。公司同時宣布今年沒有加薪，多項福利取消。我想，能幸運保住工作的人，可能不會太在意損失些福利吧！聽說業界哀鴻遍野，許多公司都在

苦撐。

　　夜深人靜時我難免胡思亂想，在美國面對失業時，大概有三方面要考慮。首先是生活問題，正常情況有失業救濟金可領，女兒也有積蓄，還有娘家可依靠，這部分我較不擔心。其次是醫療保險，女兒的工作性質特殊，她有時需視察工廠，有危險性，所以公司為她準備很好的醫療保險，若被裁員將立即失去良好醫療保險，需自己購買保險，除自掏腰包外，也只能選擇購買基本保障項目。

　　我不由得想起女兒曾說過，十年前新舊公司交接的那個周末，她沒敢出門，因原公司的醫療保險在周五下班後結束，新公司的保險要到周一才開始，她的朋友就曾在新舊交接時段出意外，自費花了大筆醫療費，由此可見美國生活中醫療保險之重要。但這點我也能想得開，花錢買安全保障是必要的。

　　至於第三點，被裁員者的心情，這才是我最替女兒擔心的問題。雖說人生不如意事十之八九，但真面臨不如意時，憂傷沮喪在所難免。記得十年前女兒面對失業威脅時，我對她說：「別擔心！家裡的大門永遠為妳敞開。」女兒默默不語，她知道親人一直陪著她。十年後的今天，她的人生閱歷更豐富了，我相信她會堅強面對一切的。

　　甩開滿腦子的胡思亂想，我回憶日前看過的那段影片，在欣賞這位面對失業而不沮喪的女孩的同時，我相信我的女兒也會理性面對一切。當然，我心底也滿是對她的祝禱。

我的火車情懷

發生於2021年四月二日的「太魯閣號」火車出軌事件，令人悲傷極了。想到不幸的罹難者與驟然失去親人的家庭，我非常難過。看著報紙刊出破損不堪的火車廂，我想起了半世紀前搭乘火車上學的歲月。

我家住岡山卻在高雄念高中，那三年中有一半的時間我是搭火車上學的通勤學生。無論晴雨的上學日清晨，我都須先騎腳踏車到火車站，將腳踏車寄存後，再趕搭那班能準時帶我到達高雄火車站的火車，然後搭市內公車到達學校。這段路程中，搭火車是我的最愛，雖然我搭乘的火車老舊又緩慢，但它總能讓我準時到校，黃昏時分又能送我回家。那段通勤的日子雖辛苦，卻讓我與火車建立了深厚情感。

半世紀過去了，我依然記得當年兩地的火車站與月台，岡山站月台有木質的天橋，高雄站月台卻有先進的地下通道。走筆至此，我耳邊似乎響起走在木質天橋上的腳步聲，又似乎見到昔日背著大書包在地下道中奔跑趕火車的情境，但一切的緊張與辛勞，都會在上了火車後消失。無論站或坐，我總會平心靜氣地等火車帶我到達目的地。我望著車窗外不斷後退的田野景觀，心情總是舒暢的，就在那時我愛上了搭火車。不算短的乘車時間，我會背背英文單字，若有座位也會拿出書本來溫習一番。當然多數時間是和同學聊天，記憶中那年代有許多火車通勤生，有時看著整個車廂多數是穿制服的學生，還以為是「學生專列」。

　　學生時代最怕考試，但考完試後的輕鬆心情也是學子盼望的。記得每次月考結束的放學時間總比平時早幾小時，我們可搭早班車回家，避開擁擠的下班下課人潮，火車站內顯得空曠多了。我與同學悠閒地走過地下道，慢條斯理地爬階梯，欣喜地看著已停在月台等旅客的火車。高雄常是北上車的起點站，我們看著車廂中空無一人的墨綠色長條椅，開心地選個好位置坐下，那天絕不溫書。左顧右盼間發現隔壁月台停著「豪華列車」，透過晶亮的車窗，我看到寬大的坐臥兩用座椅上套著雪白椅套，看得我好生羨慕。車廂外掛著「往台北」的字樣，我看呆了，台北可能是我以後就學的城市，這輛「豪華列車」彷彿將帶著我對未來的憧憬北上。

　　高二下學期我順利申請到搭乘公路局班車上學的機會，雖節省了許多搭車時間，也因班次較多而減輕我的趕車壓力，但如此的便捷並未影響我對火車的懷念。高中畢業後我果然到台北求學，每到假日返家的交通工具仍是火車，窮學生只能搭慢車一路顛簸，沒有搶到座位時要站上大半天；也曾試過從車窗丟行李占座位，但等我擠上車時行李已被扔在地上。那年代，我的成長歷程多有火車為伴。

　　踏入職場後，我也常南北奔波，當台灣的灰狗巴士「國光號」已在高速公路上忙碌營運時，我仍喜歡搭乘火車，不僅因為那時的我已有能力乘坐我曾羨慕的「豪華列車」，更因為我懷念陪我成長的「搭火車」經驗。

　　移民來美後每次返台我雖下榻於台北旅店，但總會南下掃墓，搭乘火車是我不二的選擇，只是我的年歲愈長，火車的速度卻愈快了。近些年返台搭乘高鐵自台北南下高雄，只需二個多小

時，快得令我來不及品賞沿途景觀，更來不及回味年輕時代搭乘火車時的點點滴滴。

　　懷念我搭乘火車歲月的同時，也誠心希望，帶給旅客便捷的火車，今後更能有絕對的安全。

回味中的滋味

　　時序進入「小暑」後，院中的花架與濃蔭也抵不住炎熱蒸騰的暑氣，落地窗外的陽光穿過濃蔭繞過花架，反射入屋內後依然刺眼，我想，該是吃些清熱飲品的時節了。

　　到櫥櫃中找綠豆，因居家避疫採買不易，只找到一包數月前的老綠豆，也好！老豆容易煮些。果然，這次的綠豆湯綿軟可口，略微冰鎮後再食極為消暑，享受這份沁心愜意的同時，感覺落地窗外的蒸騰之氣也降溫了。看著想著，眼前彷彿走出兩位身穿白衣黑裙的高中女學生。

　　南台灣的夏日格外炎熱，半世紀前我念高中時每日通勤。放學時正是整日暑氣完全「出巡」時分，我與同伴背著沉重書包，穿著長過膝蓋的黑裙與厚底黑皮鞋，腦袋瓜上覆蓋著耳上三公分的短髮，這身穿著強烈吸收著大地熱氣，走在瀕臨融化的柏油路上，是非常辛苦之事。但要想搭上返家的公路局班車，我們必須由學校側門走完這條將近二十分鐘的路程。那是條不太繁榮的街道，沒有路樹，即使走在騎樓下也有大半身子躲不過西曬，幸好！在我們抵達候車亭前有家飲品店，店中只出售「綠豆湯」。

　　那是家非常乾淨的小店，不鏽鋼桶中裝著「綠豆湯」，它是我嚐過最好吃的「綠豆湯」，豆軟湯涼，甜味適中，極為解暑。我與同伴視這碗湯為消暑聖品，起初只是單純地飲用，因為它的滋味特殊，我們開始觀察研究，只見碗中微微張口的豆殼仍包裹著豆仁，不同於有些豆殼與豆仁完全分離的綠豆湯。再則，這家

店並非在綠豆湯加冰塊，所以湯汁沒被稀釋，發現這碗綠豆湯的特殊後，我與同伴更珍惜這份炎夏中的清涼。

炎夏、趕路與清涼綠豆湯成為我成長階段中難忘的記憶，隨著升學、就業，我從未忘記那份沁心的涼意。每遇酷暑我總想喝綠豆湯解暑，不斷嘗試，我終於發現使「綠豆湯」豆軟的祕訣——關鍵在於火候，小火熬煮是使綠豆軟爛而豆殼與豆仁不分離的訣竅。此後我煮綠豆湯除先「泡豆」外格外重視火候，如今使用慢燉鍋更方便。煮好放涼的綠豆湯，送入冰箱冷藏後飲用，那份熟悉的涼意，除消暑外，還有著難忘的青春滋味，學生時代的酸甜苦辣都隨著清涼湧上心頭。 我的學生時代，社會風氣樸實，課業外的誘惑不大，總能專心面對書本上的知識。高中課程中我最愛「人文地理」課，學識淵博、口才極佳的老師，帶著我們認識世界，埋下我日後熱愛旅遊的種子。其他各科的內容對我影響也深，當然，有時沉重的課業壓力也令我難挨，與同學相約看電影是最大享受。每到期中考試，我總緊張得吃不下午餐，考完後才與同學相約去吃碗筍絲豬肉拌麵，或廣式沙茶乾麵。考後的輕鬆心情，令碗中的佳餚格外可口，遂成為我回憶中難忘的好滋味。飽餐後再到小巷中買些煎餅，算是犒勞考試的辛苦。簡單卻不單調的生活點滴，在我心中埋藏半世紀後依舊鮮活。

不知為何，整個求學生涯，我對高中時代的感受最深。也許因為那時的我正是對世事開竅之時，我開始懂得凡事要思考，從懵懂進入清明的過程有些落差，慶幸我的青春期沒有叛逆風暴，脫離青澀懵懂的滋味很清新甘甜。

深埋於我心中的這份清新甘甜從未變味，每次回味都不禁輕嘆：「年輕真好！」

書架上的元老

　　2021年九月收拾返台行李時，我從書架上拿下一本書，用塑膠膜仔細包裹好，放在我隨身行李中，這本書就是陪伴我已超過半世紀的《婚姻的故事》。

　　我擁有的這本四英寸寬，約七英寸半長的書，是1963年初版，由文星叢刊發行，那是在讀小學四年級時父親送我的書。記得當時父親還送了我《城南舊事》與鍾梅音著的《海天遊蹤》，不知我為何只留下了這本《婚姻的故事》。在年紀小完全不懂「婚姻」意義的時期，我卻能將這本書讀得津津有味，只因作者的文筆簡潔，文章易懂，意蘊卻深厚，尤其對人物個性的描繪極生動，使雖不諳婚姻大事卻被文中人物故事深深吸引的我著迷，並對書中多位人物的鮮明個性記憶深刻。如作者那位因丈夫娶小妾而與丈夫嘔氣半生的婆婆，又如婚後一個月丈夫就因肺病過世的怡姐，她的遭遇使我對舊社會「沖喜」的陋習深惡痛絕。其他如享受齊人之福的方先生，以及〈五鳳連心記〉中多病早夭的四妹。

　　令我最有感觸的是全書最後一篇〈地壇樂園〉，記載著作者走訪已是「瘋人院」（那年代對精神病患者治療處的稱呼）的「地壇」時的見聞。每位病患的身上都有著不同的故事，因不適應城市生活，而精神失常的老人，他是一位留洋名醫的父親，最後在瘋人院中飼養著他熟悉的羊，而治癒了他的精神失常。每次讀到以下這段文字，我格外感動：「領著一群動物，沐浴在大自

然之下，看著羊兒吃草，他就安心了，雖然他兒子家是精緻的洋房，孫兒的洋書念得很棒，但並不能代替他的幾隻羊。」尤其在步入老年後，我已在為將來要與兒女們共同生活而預做思考，希望將來我能以平常心面對生活環境的改變。

還有那位喊作者為「三姑」的病人鄧太太，原來她口中的「三姑」是她夫家最厲害的一位姑子，她嫁入那個上有公婆、下有多位大小姑子的北方舊家庭，承受不了來自各方的壓制以致精神崩潰而住進瘋人院，見到與三姑外貌神似的作者，她仍語帶諂媚地請「三姑」善待自己的孩子。這故事使我年少時就意識到，面對新環境要適當調整心態。

這些成人世界中的鮮活故事，似乎取代了適合我當時年紀該閱讀的書籍，如《安徒生童話》、《伊索寓言》等在我認知中的地位，我極重視這種微妙的取代，以致一直在將它放在我書架上重要的位置上。

隨著年齡的增長，我讀的書也更多更廣泛，但《婚姻的故事》這本書一直在我書架上挺立著。雖然它的版型較窄小，屬於「口袋書」的袖珍外型，但它在書架上挺立的姿態總令我歡喜，時時取下來翻閱，也藉此回味我的童年。三十年前我移民來美，它也隨著我的所有家當飄洋過海移居北美。我初到美國住在俄亥俄州的鄉下，美麗恬意的鄉間生活雖好，卻遠離了我熟悉的故鄉，閱讀帶來的書籍帶給我許多精神上的安慰。一位老同學的妹妹住在附近，得知我帶來許多好書，因為仰慕林海音的文采，她想借閱。不久我們因買下一個小生意而搬到達拉斯，臨走前得知同學的妹妹將這本書遺失了，我很難過。

搬到新居後書架上缺少了這本伴我成長的「書友」，我很

傷感。沒想到數年後，我竟意外收到老友妹妹寄還這書，我喜出望外。原來書掉在她的床與牆壁之間，她換床墊時發現後立刻寄還，我開心極了！

　　每次閱讀這本書，總覺得依然津津有味，更佩服作者的功力，她的文筆有特殊魅力，既能讓幼年的我看懂文義，又能讓歷經人生百味的我百讀不厭，我書架上的這本「元老」，永遠是我的最愛。

為嚐鮮而學習

　　我愛烹飪，不知是天生的喜好，還是後天環境所致。

　　自幼喪母，我比同齡玩伴多一份煮飯燒菜的家務，學會用煤球爐煮飯菜時我上小學四年級。同學的父親在美軍顧問單位做大師傅，給我看了本美食畫冊。圖中的佳餚我不知其味，也看不懂英文食譜，但愛極了色彩誘人的美食，於是花了積攢多日的零用錢買下那本畫冊，依樣畫葫蘆，在紅燒吳郭魚身上放些切片的紅番茄，我看得歡喜，家人卻吃不出所以然。但自那時起，我愛上烹飪。

　　缺少創意時，鄰居媽媽們的拿手菜就是我的學習對象。最先愛上王媽媽做的麻醬涼麵，問不出食材份量，靠著舌尖傳到大腦的記憶，助我調出同樣的滋味。那份摸索後領悟的喜悅，如今仍深藏我心底。

　　記得那年代沒冰箱，大家日子都過得簡單，吃完中餐後，晚間就吃些剩餘菜飯，因此產生晚餐前賣熟食的行業。我們村裡每到黃昏有位推車來賣滷菜的大娘，叫賣聲引來各家老小。我站在一旁發現大娘有門絕技，她「切」滷蛋時用線不用刀，只見她嘴裡咬著綿線頭，右手將線拉直，將托在左手掌上的滷蛋用線劃上幾下就完成「切」滷蛋的動作，如此「切」出的滷蛋平整且蛋黃與蛋白不易分離。自那時起我學習烹飪，除練刀法外也苦練「線功」。

　　北上念大學，除勤學苦讀外，我的最大嗜好仍是尋找美食，

但我還會向熟識的老闆請教做法。一位隨和的四川師傅曾親自對我說明「魚香」調料的訣竅，他也是我做四川菜的啟蒙師。如此從老闆與顧客關係發展成學習烹飪的師生關係，也是我生活中的一段趣談。

大學時代的好同學，約我週末在她家一起學做菜，我們根據一本說明清晰的食譜認真學習，因此奠定我由食譜學烹飪的基礎。婚後為家人的三餐，我的烹飪興致更高。印象較深刻的是，一位同事教我以豬絞肉、鮮蝦及汆燙後的菠菜為餡，包出色香味俱佳的水餃。又在餐廳吃過「苦瓜炒牛肉」後，憑著味蕾的記憶炒出同樣可口的佳餚；更無師自通地創出「子薑牛肉」，將南投特產子薑的魅力發揮到極致。這同時，我又從另一本食譜中學會做「西湖醋魚」，將處理好的魚對半剖開，只有背部相連的整條魚，放入加入料酒、老薑的熱開水鍋中，熄火悶上十五分鐘，將魚取出裝盤，淋上調料後魚肉滑嫩可口；那是我當年學得最有成就感的一道菜，可惜來美後買不到小號草魚，這道菜已塵封三十年。

不久我又愛上做滷菜。鄰家褓姆教我將滷好的牛腱放入冰箱冷藏，次日再切，果然切出超薄又不散的肉片，嚼起來特別有勁。又經多次嘗試，我找出最好吃的蒸肉粉沾抹在醃好的排骨上，用電鍋蒸三次就能做出美味的粉蒸排骨；來美後仍能買到這種蒸肉粉，至今還常吃這道菜。

如今年歲漸長，飲食素淡，學著將新鮮蔬菜燒得色香味俱全是我最大的樂趣。回首大半生為美食而做的學習，我很是歡喜。

冬日樹下絮語

　　那日，我終於決定到後院「純曬太陽」。

　　前些日子，我總是邊曬太陽邊清掃落葉，數日後院中陽光下的落葉已被我清掃殆盡，只剩遠處小溪旁柵欄邊的落葉未清。那裡有一大片深厚落葉堆，均拜柵欄邊的幾株大樹所致，由於其中有幾棵冬不落葉的老榕樹，致使那片落葉堆一直有著樹蔭遮蔽。我清掃落葉的主要目的是邊曬太陽邊工作，既然享受不到陽光，我自然不需要在樹蔭下清掃落葉。

　　搬張椅子放在後院中陽光普照處，我坐定後背向陽光，挽起長髮，露出後頸部——據說這部位是補鈣最佳處，同時伸出我的雙手，在陽光下不斷伸曲關節。我右手中指已變形，很明顯的退化型關節炎症狀，令我急於挽救。天暖時我還會露出膝蓋直接享受陽光，全身重要部分都在享受冬陽的滋潤，唯獨我的眼睛因青光眼不宜面對強光，墨鏡下的雙眼卻不停搜索目標。後院的樹木我早已熟悉，此刻卻將眼光停留在草坪中央的那棵「臭椿」上——這名字還是前些年來訪友人所告知的，那葉片已完全落盡的樹枝，乍看之下，竟如一個大型的「窩窩頭」。仔細端詳，其樹幹與樹枝都生得頗挺直，但從枝上生出的細椏卻毫無章法，橫七豎八地有空隙就鑽，但亂中有序，最後形成這酷似「窩窩頭」的造型，真有趣！如今這些樹枝趁著葉片落盡，竟成為冬日樹幹上的主角，我想，造物者是公平的，祂讓萬物中每一份子都有展示自我的機會。

　　這棵樹在秋季變色時甚是美麗，由於它們的葉片是羽狀複葉，交替排列在葉柄上，複葉在視覺上予人比單葉豐盛的感覺。一到秋季，每片葉子都被染紅，是一種不常見的栗紅色，陽光下的栗紅色葉片格外迷人，如玻璃杯中的Bordeaux（波爾多）葡萄美酒，晶瑩、醉人！那時我完全忘記此樹的「臭名」。特別值得一提的是，我家這棵臭椿，長在後院草坪中央，寬廣的草坪如供人觀賞的舞台，秋季臭椿在舞台上的美姿被盡情地展示著。如今展示在我眼前的，是退盡紅葉的枯枝，雖少了那分令人側目的美豔，卻有份讓人肅然起敬的蒼勁，在逐漸枯黃的草地上，它依然挺立，每根枝椏都如我一樣，在享受冬陽的照拂，蓄積來年續展芳華的能量。

　　將視線移往離我較近的楓樹，這棵樹上仍懸著幾片枯葉不肯退下舞台，這會兒仔細看，才發現它是幹粗枝壯椏稀，原來是茂盛的葉片遮蓋了它的身軀，我不由得讚嘆這些不邀功的枝椏們。長在後院小圍籬轉角處的這棵楓樹，受空間所限，它的主幹有些扭曲，每次看到它為生長而不得不扭轉的軀幹，我就好奇地想著，當初是先有圍籬還是先有樹呢？這棵樹與我最親近，春來綠葉滿樹，每見我開車庫門時，它們總熱情地擺動葉片和我打招呼。炎炎夏日，我有時站在樹下觀賞生意盎然的綠葉，它們見我到來，雖只是短短數分鐘，也會盡情擺動吸滿大地精華的綠葉，為我送上陣陣微風。秋季到來，它們換妥新裝後定會告訴我，葉片黃了、紅了，最終成為深紫色，它們在每一時段都會隨風吹落，藉此和走過的我打招呼。如今葉片幾乎落盡，我仔細觀看那樹幹與枝椏，驚見樹幹上滿是深深的裂痕，是老了還是病了呢？我深深自責平日對它疏於關照，決定開春後請專人來診斷，也祝

禱這棵老病楓樹能挺過今年冬天的酷寒。

隨即，我將視線落到離我左肩最近的胡桃樹，看到它稀稀落落下垂的枝椏，我心中滿懷愧疚。原來我家前後院各有一棵高大繁茂的胡桃樹，深秋結實纍纍，卻因我們的疏忽，請來外行工人修枝，以致毀了這兩棵樹的生機，如今它們已不再茂盛，更無果實，徒留高幹與稀落枝葉，彷彿在提醒我們曾經的疏失。值此清冷嚴冬，我見到它被毀去生機後的殘枝頹幹，深刻感受萬物都有其不可小覷的生命規律，不可不謹慎對待。

再看到我家與西側鄰家間的那棵不知名高樹，冬日裡它的葉片雖似落盡，卻在枝頭留著鳥巢狀物，我記得春夏時節它的葉片雖繁茂，卻無太多特色，唯獨這冬季的枝椏上掛著許多「鳥巢」，令我印象深刻。

院中還有兩棵紫薇花，這是種以花色取勝的植物，葉片與枝椏本無特色，如今徒留枯枝更了無新意。只是我想到紫薇樹幹無皮，值此寒冬，它少了樹皮的護佑仍能挺立，造物者肯定賦予它另一項保護功能。

眼光望向柵欄邊，因為數棵不落葉榕樹的屹立，這片樹群的冬意無多。我想早年的屋主種下這些樹木，市政府尚未在這溪邊修坡坎建柵欄時，這些樹木自然肩負起屏障作用，冬不落葉的榕樹其屏障功能更佳，如今有了柵欄，彷彿為我家的後院設下雙重保障，只是每年為了這些深厚的落葉堆，我總要請工人來清掃。

瀏覽完院中的樹木後，我想起最初開始留意冬日樹木的形狀，是始於許多年前，某次我去休士頓探望女兒後，開車返回達拉斯途中之所見。那日，我獨自駕著車，駛出鬧市，轉入平坦寬敞的高速公路上，按下自動加油鍵後，只須小心掌控駕駛盤就

行，因此我的心情極輕鬆。正當苦於無美景可賞，暗嘆冬日無趣的郊外如何打發這四五小時的路程，卻見沿路落葉殆盡的行道樹，竟有著令人刮目相看的千姿百態，原來退去葉片的枝椏也有可賞之處。

由這些枯樹枝的外貌看來，它們都是些高壯大樹。當然，在高速公路邊守衛的的樹木，必須耐得住風吹日曬。當葉片落盡的冬季，這些樹幹枝椏，依舊耐得住寒風冷雨甚至霜雪，有這等能耐的必是大樹。我遠望著公路兩側拔地挺傲的無葉樹，它們的主幹形貌迥異：有的幹多枝少，有的幹粗且旁枝眾多，更有些主幹形貌十分猙獰，想必在黑夜中會嚇壞路人；也有主幹如慈母，與細如子女的枝椏心手相連。偶見主幹扭曲如盤結，形貌十分有性格。其間也曾見到如鹿角形的枯枝，不覺莞爾，動植物間的形貌竟能如此相似。形形色色的冬日落葉樹，正以另類樣貌展現於世，仔細品賞思量後不難發現，落葉退盡的枝幹也有其獨特風貌。如此的旅途令我見識到唯有冬季才有的景觀，進而對冬日落葉樹留下深刻印象。

從回憶中返還，再看看院中群樹，想著：造物者為樹葉們的設計是，不同季節穿著不同色彩的衣裳。到了冬季，樹葉們退場，樹幹枝椏成為這季節的主角，彷彿在說明樹葉的身軀難耐寒冬，也或許在說明，樹葉的繽紛色彩，需要一季的調息，才能續展風華。當然，還有許多終年不落葉的樹木，總以「始終如一」的形色示人，造物者對萬物的設計都有著個別性，實在神奇。

全身暖和極了！我收起座椅，向群樹說聲：「再見！」改日再敘。

收藏裡的記憶

我有兩樣小收藏，其中都藏著我的記憶。

上世紀末期，我們開始經營禮品生意，當時店裡貨品種類很多，包括各式收藏品。

記憶最深的是廠商曾出產二種美國地圖，這兩種地圖都是供顧客收藏用，因為喜歡其深意，我各留了一份，也加入了收藏行列。這兩種地圖材質與用來收藏的物品完全不同。一種是16吋長12.5吋寬的硬紙板材質，被藍色紋型塑膠皮包裹的摺疊夾式美國地圖，內層的地圖彩色印刷十分精美，每州的大小足夠嵌入一枚美金25分硬幣，所以這藍色摺疊夾的封面有兩行燙金字樣「U. S. State QuartersCollector Map」。此外，摺疊夾內部彩色地圖的右下角，印著珍貴歷史資料，記載著參加獨立戰爭後成為美利堅合眾國的每一州，並依其獨立後加入美利堅合眾國的先後順序排列，且寫明該州首都所在城市，又註明該州紀念幣的發行時間，從1999年起到2008年止，每年發行五州的紀念幣，由首個成為美利堅合眾國成員的德拉瓦州開始，到最後的夏威夷州為止，這十年間，想要收藏的人們，每年都有足夠的時間去找尋當年發行的新錢幣，找到後就放入該州地圖中已切割妥的圓圈中，如此的尋覓、收集長達十年，實在有趣。

那些年，人們的消費習慣仍以現金為主，我在收取客人的現金後，一定會先找尋我需要的新幣。有時從銀行換回的硬幣也成為我尋找收集所需的另一途徑。當整片地圖上的硬幣被我收集

完全時，我們的店已從每週營業兩天的跳蚤市場，搬到市內的一個百貨商場中。每當我翻開這夾子，閃閃發光的新幣彷彿在對我說：「我們被鑄造出廠後，沒在市場裡被顧客交易過幾次，就成為妳的收藏品，雖然我們的身體很新，但所代表的含意會越來越深遠。」可不是嗎？它們已跟隨我超過二十年了。

另一種地圖是一大片的鐵質板，這塊24吋長，18吋寬的白底鐵板上，有紅線畫著的美國地圖，收集者只要將某州地圖的磁鐵片放在該州地圖上，就完成一州的收藏了。不同於摺疊式硬紙板錢幣地圖的是；這板子上沒有「起」「止」時間，所以每位收集者都有著自己的「起」「止」時間。我已不記得何時放上第一塊磁鐵片？但我記得2014年我去阿拉斯加旅遊時，在當地買到二片印有該州州名的不同圖案磁鐵片，那是我最後一次放上鐵板地圖的磁鐵片，但它們的形狀與該州地圖形狀完全不同，我將它們放在鐵質地圖板的左上角，完全遮蓋了這州的形狀，它們可能是這塊地圖上最後的到達者。

這塊鐵質地圖上的所有磁鐵片，都是我與外子以往旅遊或經商到達該州時購買的。上世紀末到本世紀初，我們因經商、探親與訪友，開車幾乎遍遊全美各地，每到一州必定購買該州地圖磁鐵片，如此很快就填滿了47州，唯獨華盛頓、俄勒岡與佛羅里達這三州尚未到訪，成為我收藏的遺憾。2015年我二度遊覽祕魯前，在佛羅里達州邁阿密市遊玩，卻找不到印有該州地圖的磁鐵片。2016年我去西雅圖遊覽，也沒能找到印有華盛頓州地圖的磁鐵片。於是我的鐵質地圖上依舊有三州缺席。如今外子行動不便，我們也已不再能開車到全美各地旅遊，不知能否還有機會彌補這鐵質地圖上的遺憾？

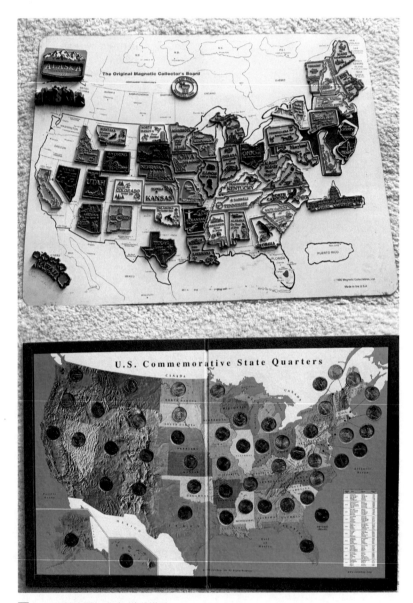

▶上：鐵質地圖板與各州磁鐵片。
　下：二十五分硬幣收藏地圖內觀。

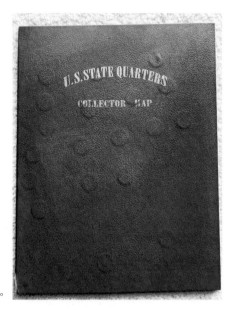

▶二十五分硬幣收藏地圖封面。

　　我將這兩種收藏放在書架頂端，不時取下來擦拭灰塵，並沉思過往，我彷彿見到曾經經營過的幾處店面，又想起多位幫我們顧店的員工，更想起往日為生意披星戴月奔忙的景況，往事歷歷隨著我收集的二十五分硬幣與州型磁鐵片，藏進了這兩款地圖中，供我時時回味。

　　我們已在2017年年初結束了禮品店生意，而如今人們的消費習慣已由現金轉為刷卡與網路付費，再見到的多年前發行之五十州二十五分硬幣，都已披上了歲月的痕跡，不如我所收集的那般新亮。而以往在加油站商店中常易買到的各州地圖磁鐵片也幾乎絕跡，如此我的收集更形珍貴，而我所缺少的三州地圖磁鐵片也已不太可能再補齊了。

　　我非常喜愛這兩件收藏，更珍惜其中寶貴的記憶。

我們被「駭」了

　　我與外子雖都有手機，但家裡依舊保留使用多年的有線電話，只是近來廣告電話太多，我們多不接聽，那日外子接了一通電話，竟引來了一場災難。

　　那通電話的內容是：外子在二年前曾向與微軟公司簽合約的某公司購買了一項服務，此人是服務員，他表示，兩年來我們沒用這項服務，如不續約可退款。不久外子的電腦中就出現一張退款收據，只是被退的款項多了一個零，外子誠實說明後，對方表示要求退還多給的款項，說來說去，外子竟不知他的網路銀行資料已被對方偷去，並偽造了退款許可。

　　當時我們不知有詐，但我得知此事心中很是不安，立刻與我在銀行工作的朋友通電話。她說當天是週末，銀行的款項不會被匯出，如不放心，週一可請銀行止付。我與外子討論，他認為既是對方多付的款項，我們理當退還。週一我朋友上班後，幫我們查看，那筆該退的錢依舊在候著，還沒匯出。我請朋友告訴我帳戶中的進出細目，發現一奇怪現象——我們的存款帳戶中接連有二筆款項被移往支票帳戶，這原是個極普通的動作，但這兩筆金額剛好是對方退給我們的金額，與我們應退還他的兩筆數額。我當時覺得奇怪，外子為何要接連移出兩筆款項？再則，以我們支票帳戶當時的餘額而言，不須再移入任何金額，都足夠負擔退還那人所多付我們的錢。我問外子是誰接連移出兩筆款子到支票帳戶？為何？他當時有些遲疑，我想他年事已高糊塗了，也就沒

深究。

　　緊接著，對方一直打電話來催退款，外子一廂情願地替此人著想，認為他是做錯事擔心受到處罰，不斷對他說，那筆退款週一晚間會匯出。週二早上，外子又接到那人來電，質問為何退款還未收到。那副咄咄逼人的口吻，彷彿我們是錯誤方。週三清晨，外子驚見帳戶中又被移出一筆款項，金額正是這幾日我們被那人要求退還的數目。此時我知事情不妙，即刻與我銀行的朋友聯絡，要求追回那第二筆退款。銀行朋友立即幫我們處理，並與我們約定下午去辦理些相關手續；同時她也提醒我，我們的網路銀行資料可能已被駭客盜取了。

　　我將嚴重性與外子談後，他立即上網更改相關密碼。不久那人再度來電，表示多收一筆我們的退款，要退還，但因外子更改密碼他無法進我們帳戶，要外子給他新密碼。其實，在他接連三次輸入錯誤密碼後，銀行已自動關閉我們的網路帳戶。此時外子已知有詐，就再也不接聽電話，我們也將此事交由銀行處理，靜待追回失款。

　　第二週的週二，我們被通知，對方銀行拒絕還款，因外子簽字同意退款，雖然銀行強調我們們只同意退一次款，對方銀行仍拒絕。週二下午，我們銀行的主管決定要以網路盜竊案來辦理此事，並要求我們說明事件原委。至此我們才發現，我們帳戶的明細中，從頭到尾都沒收到那筆所謂的退款；換句話說，我們一直以為該退還的那筆款子，也是沒必要退的。至於外子所見到的收據，竟是那人從外子電腦中偷取的另一紙收據。銀行見事態嚴重，立即關閉我們的網路銀行，並建議外子送電腦到專業公司去清毒後，再改變所有網路資料重新開始。

　　當晚，一位住東岸的文友與我聯絡，我告訴他近日家中發生的事令我心情鬱悶，他說他的一位大學校友住在我們這城市，前陣子有同樣遭遇，原來那是個打著微軟旗號的網路詐騙團夥。

　　我得知此事後，決定寫下這段經歷，提醒更多人別再受騙。雖然我在寫出此事件經過時，心中很是難受，但仍希望能藉此提醒更多人別受騙。

秋憶晉祠蒲扇樹

　　古籍中銀杏的別名雅稱頗多，我最愛「蒲扇」。後來得知美國「銀杏之鄉」伊利諾州人將銀杏稱為「千扇」，我也喜愛。

　　2007年春我初次造訪晉祠，莊嚴古樸的聖母殿與建築瑰寶魚沼飛梁令我難忘，初識「迎春花」的喜悅更是雀躍。十一年後的初秋，我再訪晉祠，古樸建築看似已因歲月而更顯老態，正遺憾秋季無法再見「迎春花」的芳蹤，卻在王瓊祠旁見到二棵銀杏樹。若說迎春花是春季小花園中的妙齡女郎，這雌雄兩棵銀杏樹就如同祠中輩分極高的長者，它們最初進入我視線時，是由無數透亮、均勻又無瑕的小黃葉片所組成的「串串」金黃，在黑褐色枝幹的陪襯下顯得格外耀眼，美得令人不得不貪看。

　　我緊盯著這兩棵枝繁葉茂的銀杏樹走去，仔細欣賞它們披著金黃色華服屹立的身影，六百餘歲的樹齡，為它們增添雍容氣度，不遠處的垂柳將這大片金黃襯托得更明朗、清新。我突然想到歐陽修〈秋聲賦〉中描寫秋季的蕭殺景象：「草拂之而色變，木遭之而葉脫，其所以摧敗零落者，乃其一氣之餘烈。」但眼前這兩棵銀杏樹，在微微秋風中卻展現著令人雀躍的、黃澄澄的豐美。

　　仰視樹上垂掛的小葉片，我想起它們與紫薇花有異曲同工之妙。銀杏樹的大片金黃由小片黃色扇形葉片組成，每一小單葉片是孤獨且易被忽視的，但累積整棵樹的黃色小葉片，就成為富麗堂皇的大片金黃，也因此緩和了秋的蕭瑟之氣。再看盛夏的紫薇花，是由數十個小花苞此消彼長持續不斷地開花，終而成就長達

百日的花期。植物雖異，聚少成多而美的原理卻相似，想來真是有趣。

說到「銀杏」這名稱，似乎完全著眼於樹葉到秋季的色彩，因為這樹名，我曾為此樹其他季節的色彩抱屈，但看到晉祠銀杏的秋姿後，我終於明白，銀杏的一年四季都在為秋色養精蓄銳。每小片樹葉的黃色，黃得晶瑩、透亮又自信，那是我所見過最美的黃色，若非蓄積其他季節的能量，豈能在短短數週間散發出如此驚人的璀璨色彩？晉祠王瓊祠兩旁的銀杏樹，將這種極特殊的色彩綻放得淋漓盡致，若非親眼所見，無法相信大自然調色盤中的「杏黃」色，竟是如此地晶瑩剔透。

端詳片刻後，我發現眼前這兩棵銀杏樹的金黃色葉片，竟如魔術師手法般神奇，它彷彿改變了藍天的色彩。映襯片片黃葉的藍天好潔淨，宛如一位不食人間煙火的仙女，唯有潔淨如斯，才配得上這片晶瑩剔透的黃葉。更奇妙的是，樹幹的顏色也因耀眼的黃葉而變化，不再是單純的黃褐色，隱約中透著些許象徵沉穩的深黑色。我感到這滿樹金黃色葉片彷彿是調色大師，它為尋常色彩添加非凡色澤。

據說這兩棵銀杏是明朝大臣王瓊所植，他希望子孫能學習文學大家劉勰在銀杏樹下勤奮苦讀的精神，能寫下媲美其理論批評鉅作《文心雕龍》的作品。數百年後，我不知王瓊後人的文學造詣如何，但他手植的兩棵銀杏樹卻使他常被人稱道。

晉祠中頗多參天古木，上次造訪時，我對傾斜的周柏樹印象深刻，特別欣賞它那宛若臥龍資深卻健朗的身軀。十一年後再訪，周柏唐槐依舊在，更又驚見璀璨豐美的銀杏樹。如今每至秋季，我總會懷念晉祠中那兩棵枝葉繁茂銀杏樹。

▶晉祠院中盛開的銀杏。

後記

拙作刊出後，文友在群組中看到後留言並贈詩如下：

陳玉琳，感妳好文，賦詩讚賞：

「風顫銀杏蒲扇搖，萬點金黃震心撩。迎春已杳秋色濃，千層樹語萬葉飄。」

杜麗玉

驚心動魄度酷寒

　　我一直希望，鼠年結束疫情災難就落幕，再也別遇上天災了。誰知金牛年剛開始，我竟遇上另一場百年來最嚴重的酷寒災難。

　　二月的第一週，本地友人奔走相告之事，並非農曆年的安排，而是下週的超低溫警告。我查看氣象預報，得知最冷氣溫是華氏四度，當時心頭雖為之一震，對這超低溫有些「好奇」，卻並未刻意去為日常生活做預防寒害的準備，唯一想到的是我那棵寶貝枇杷樹，準備為它們披上塑膠布以禦寒的我並不貪心，對這棵高過屋頂的果樹，我只想護住這塊塑膠布能遮蓋的部分，但，不能受霜害的枇杷，能扛得住如此的超低溫嗎？我很懷疑。

　　除夕前買菜時沒掌握好時間，許多青菜都已被搶購一空，原計畫情人節這週日再去採購，誰知週日一覺醒來屋外已是一片皚皚白雪。我有嚴重的「雪地駕駛恐懼症」，只因住俄亥俄州時在雪地駕駛沒出過事，搬來達拉斯後卻因本地不常下雪，缺少剷雪車，我曾遭遇雪地滑車的恐怖經驗。但看看家中只夠吃二餐的青菜，採購勢在必行，想想；既出不去不妨來做「網購」吧！疫情期間許多朋友都以此法購買日用品，於是我開心上網採購，付款後靜待送貨到家。二小時過去了，我還沒等到所購之物，再上網查看我收到的「網購」回函，才發現我的送貨日期是六天以後，也就是「雪過天晴」時。面對首次「網購」的失誤我哭笑不得，立即取消交易，收到取消回函後，我繼續思考該如何採購？午餐

後屋外再飄雪花，我向其他超市詢問網購送貨日期，答案都是要等一週以後。再查氣象預報，酷寒將持續四、五天，我憂心家中即將缺少蔬菜。黃昏時，外子決定開車送我去採買，我進超市後不久，聽到廣播說二十分鐘後將提前打烊，我匆匆搶購貨架上所剩無幾的蔬果，趕在更大風雪來臨前返家，進家門後不久，家中電話就傳來市政府通告本郡將「輪流停電」的警告電話。此時我為自己缺少防災意識與準備而後悔不已，趕忙洗澡後存水，並找出手電筒與蠟燭，將手機充滿電，並備妥滿電的行動電源。又燒好熱開水存入暖壺，準備緊要時沖泡方便麵以充飢。再將大雪衣等厚外套放到床邊，因應「不幸」停電後可抵禦逐漸降低的室溫。自那時起，我的心情被「輪流停電」的警告牽動著，分分秒秒擔心遭受厄運。

　　一覺醒來，屋外已成雪白世界，時時擔心斷電的心情實在鬱悶，我想看雪景，打開車庫門時，見到沿車庫門口到後院的水泥空地上積累著大片雪，彷彿一大塊雪糕，我回屋拿尺測量，厚度只有1.50英吋，對寒帶地區而言這只是「小兒科」的積雪，但全州供電系統卻因此次酷寒而受到嚴重損傷，導致四百多萬戶住家斷電。我面對後院的積雪想著；德州幅員遼闊卻無高山森林的屏障，一陣淒風苦雪長驅直入立即使大地遭受嚴重傷害，一襲熱浪也能使境內生靈飽受炙熱之苦。我住在達拉斯北部，距離冬季氣溫寒冷的奧克拉荷馬州車程僅三個多小時，每年春末夏初時期，本地更是南北冷暖兩股氣流的碰觸地帶，常引來冰雹災害，近年來氣候明顯劇變，各地災害頻傳，此次的酷寒更創下1889年以來的超低溫紀錄，全州經濟遭受巨大損失。

　　酷寒終於結束，我家這區托鄰近一所大醫院之福而免遭停電

之苦，但已有許多專家撰文建議，人們需確實「節能減碳」以避免不斷增加的天災。在感恩我家平安度過酷寒的同時，我個人也謹記此次寒災中所受的教訓。

我所經歷的萬聖節

　　我們移民來美後迎接的第一個民俗節就是「萬聖節」。

　　那時我們住在俄亥俄州鄉下，出門右轉後不久是大片農田，萬聖節前總見到農地中滿是黃澄澄的南瓜，個頭大得嚇人，後來才知道那是做「南瓜燈」用的。純樸鄉間住家門前的應節裝飾除南瓜燈外，多為稻草人、女巫、骷髏頭等。那年女兒已念高一，不再迷戀糖果，卻要面對學業上的適應壓力，她無心外出，我們只在夜幕低垂前開亮前院廊間的燈，歡迎來要糖的孩子們。

　　次年暑假，我們搬到達拉斯，已經完全適應美國生活的女兒，利用週末製作南瓜燈，她邊做邊說，同學告訴她，大明星湯姆‧克魯斯在我家附近的富人區有幢豪宅。她竟童心未泯地問我，如果她去偶像明星家敲門要糖，是否會見到大明星？說完我們母女都哈哈大笑。那年的萬聖節我們過得特別開心，一波又一波敲門來要糖的孩子們，可愛的裝扮與充滿稚氣的那聲：「Trick or Treat!」在我聽來就像中國農曆年時，來家拜年孩童口中那聲「恭喜新年好！」般地悅耳，這鬼節竟過得如此歡樂，真是有意思。

　　我更注意到，大城市住戶的應節裝飾明顯不同於鄉間，有些人家在前院放幾個巨型充氣偶，如女巫、小精靈或大蜘蛛等，外加整排骷髏，真會嚇壞夜間的膽小路人。有的人家索性在院中擺放墓碑，碑上寫著奇怪的語句，一副嚇不死人不罷休的架式。也有人家在院中圍起一方墓園，墓碑旁還有叢叢鮮花，雖明知都是

搞笑的擺飾，但深夜見到心中仍有些不適，中西國情之不同於此可見一斑。我觀察後發現，家家戶戶的應節擺設都購自商店，機靈的店家充分掌握這商機，年年推陳出新的飾品，為這看似恐怖的節日帶來歡慶氣氛。

不幸的是，陸續聽說有人惡作劇過了頭，在糖中放些傷害孩子的東西，於是上門來要糖的孩子減少了，大多數父母帶著孩子參加安全有保障的社區萬聖節派對。這時我家在Mall內經營禮品店，萬聖節這天天黑前，就有許多父母帶著孩子來要糖，氣氛極為歡樂，我們也很開心地分送糖果給孩子們。有一年我突然想裝扮一番，想來想去決定穿中式旗袍亮相，那晚還真是小小地出了陣風頭，許多小女巫和小蝙蝠俠跑來與我合影，那是我最難忘的一個萬聖節。

前些年到英國旅遊，我深深愛上美麗的愛爾蘭春景，但聽導遊說到，當地冬季極冷，不由得想到：傳說中「萬聖節」的由來，就始於兩千多年前的愛爾蘭與蘇格蘭，當地的凱爾特人（Celts）相信，故人的亡魂會在十一月一日這酷寒首日，回到故居來奪取生靈以求再生，於是人們就趕在亡靈來到的前一日，裝扮成妖魔鬼怪以嚇退亡靈。對照這傳說的悽苦無奈，今日的萬聖節是充滿歡慶的。

如今女兒已入職場，我們也結束了Mall內的小生意，對萬聲節卻有了另一番體驗：我們發現萬聖節前本地植物園的南瓜展很有看頭，藉著逛園賞景我們還可在秋陽下補鈣，以如此方式迎接萬聖節的到來也別有情趣。

也許因為住家附近的孩子們都已長大，這兩年的萬聖節我家已不再有孩子來要糖，即便如此我仍準備了糖果，實在想聽聽那

聲稚氣的童音：「Trick or Treat!」只是今年的新冠疫情，可能為即將到來的萬聖節蒙上陰影。

棄之可惜的好食物

　　這次疫情開始流行之初，我曾介紹朋友多喝梨水以護肺，因梨性寒，煮成湯後可降低寒性。日前又與朋友通電話問候，她請我再介紹些應時又容易被忽視的食物。

　　我想了想，說了兩種：一是「玉米鬚」，許多人煮玉米時，總將玉米鬚捨棄，只吃那光溜溜的玉米，殊不知因此而浪費了好東西。我年輕時，曾聽朋友說，她患腎盂炎痊癒後，一位老中醫長輩建議她煮玉米時勿捨棄玉米鬚，因玉米鬚水有利尿作用，適當飲用可維護腎功能。後來我因對食療有興趣，看過許多資料，才知這玉米鬚水正是中醫所說的「龍鬚湯」，還對高血壓與高血脂有預防作用。說起這玉米鬚水，喝起有一絲甜味，口感極佳，每到玉米盛產季，我總不忘煮帶鬚玉米，煮後喝這香甜可口的玉米鬚水，當然再好的食物也不宜過量食用。

　　移民來美後，我曾與朋友一起去超市採買，她問我，為何不買去殼除鬚包裝完美的玉米？我向她說明玉米鬚水的功效，她雖有些心動，但仍對我說：「玉米鬚有大部分暴露在殼外，好髒！難洗。」我對朋友說，多費心思清洗食物是必須的，對於玉米鬚，我會在去殼後將頭部黏在一起的鬚，放在水龍頭下以小水邊沖洗邊輕輕揉散，再將整隻玉米放在盆中，以小水流動沖洗一會兒即可烹煮。

　　隨著年齡增長，逐漸擔心血糖問題，所以我儘量選用糖分較低的白玉米，也盡可能購買經確實認證的有機玉米。近年來更得

知玉米含有豐富葉黃素，對眼睛與心血管都有助益，我更常吃玉米。對於營養價值高的食物，多花些時間去料理是值得的。

另一種常被忽視的食物是蘆筍的根部，通常我烹煮蘆筍時，總將它們分成三部分來處理。我在清洗蔬菜前絕不先切斷，以免清洗時營養成分流失，這還是我上中學家政課時所學得的知識，一直遵守到如今。整隻蘆筍被洗淨後，我將之分折成三部分，中斷先炒，苗最嫩稍後下鍋，這兩部分炒後爽口，好吃又營養，已日漸受到人們的重視。至於較老的那截根部常被拋棄，我則視為珍寶，總將它煮湯喝，做成名副其實的「蘆筍湯」，這湯的味道清新營養價值也高。

兒時在台灣鄉間見過蘆筍加工廠，將肥大的白蘆筍煮後製成罐頭，外銷市場非常好；我曾喝過那種白蘆筍汁，但並不喜歡其味道。因著這份成見，我對蘆筍汁一直沒好感，卻在無意間發現綠蘆筍根部煮水後湯汁味道不錯，並由報導中得知其有著極高的營養價值，此後我烹煮綠蘆筍時，總會將根部洗淨後煮水喝。

這些年人們對食品營養的認知不斷提升，許多以往被拋棄的部分，如蘋果皮、葡萄仔與皮，如今都被證明極有營養價值，棄之可惜，我喜愛的玉米鬚與蘆筍根部，同樣也是棄之可惜的好食物。

又一次向愛車告別

　　十二月的第一個週六中午，我在開車直行時，突然被一輛自右側小路橫衝出的車重撞到前右車頭。也許因為不是正面衝撞，安全氣囊沒出來，但也因是很猛力的一撞，方向盤重擊到我前胸，劇痛無比我嚇壞了，立即熄火停車打119報警。

　　警察到後立即為我呼叫救護車送醫，在急診室經過各項檢查後，證明我肋骨沒撞斷，只須服用止痛藥。我回家後立即電請車保險公司幫忙處理，然後與外子研究我在等警察到來前拍攝的車禍現場照片，看來我的車只是外殼毀傷，修復即可。

　　誰知週一接到保險公司來電，車完全報廢了，無法修復，我們非常驚訝。這輛油電車雖為我們服務了八年，但里程數不到六萬，八年車齡也許符合某些人的換車年限，但對我們而言，八年的相處已有深厚情感。

　　自接獲愛車報廢的電話後，平日不在意的點滴都湧上心頭。八年前我們尚經營著禮品店，因當時油價飛漲，我們決定將耗油的Suburban換成省油的油電車。那日我先到車行看妥了車，當晚店裡提前打烊，我與外子趕去買車。當時這輛油電車是被停放在室內展示台上，它是輛加級車，黑亮的車身特別吸引人。將成為新車主人的心情雖雀躍，但當我見到陪我們全美奔走，忙碌生意的Suburban離開我們時，我心中也萬般不捨，於是寫下〈難捨傻笨笨〉一文，記述我那次告別愛車的心情。很遺憾！這次與油電車告別是被迫的，雖然此次車禍非我之錯，但卻使我身心都受

創，想來格外難過。

記得我們是在八年前的初春將油電車迎回家，那時我們已不須為生意而全美奔走，於是我與外子用假日開車到郊外兜風。愉快地開著新車馳騁於高速公路上，彷彿在教導一隻剛學會飛翔的鷹，那份暢快至今難忘。油電車真省油，本地油價已是全美最便宜的地區之一，自開始使用此車後，更是不擔心油價起伏。

有一次，我與外子開車去看女兒，因我的失誤錯過加油站，卻在油表指示為零的情況下，又開了四十餘英里才找到加油站。就在我時刻準備無法行進而呼叫救援送油的窘境中，我們的油電車英勇地奔走著，直到我們找到加油站。自那次後，我雖知油電車蓄能深厚，但再也不敢大意。

又有一次，我獨自開車從女兒家回來，在路上遭遇狂風暴雨，能見度幾乎為零，我緩緩將車停靠路邊靜待風停雨歇。狂風吹起的雨浪擊打在車身上，甚是恐怖，彷彿要破窗而入。此時我的愛車四平八穩地挺立於風雨間，伴我安度那如末日般的惡劣情境，此後我對它的喜愛更為深重。

這兩年，外子須靠助行器行走，外出時我們將助行器放在後車箱，還能餘出許多空間擺放採買回來的飲水及日用品，我慶幸這看似小巧的愛車卻有著不容小覷的容量，因此對它的依賴更重。

那日，保險公司通知我們去廢車場拿取車上的個人物品。到達後須在辦公室接受檢查我穿的鞋，以確定我的腳不會被車廠地上可能的零件碎片割傷，我得知愛車流落於此，心如刀割。順利找到停在還算乾淨角落的愛車，取走車中物件後我仍不忍離去，外子更仔細端詳愛車的「傷勢」，完全無法相信它已「無藥可治」。

　　萬般不捨地與愛車告別後離開車廠，八年來與它相處的點滴
與情誼將永存心底。

兩次手術後與青光眼共處

我一直覺得應寫下我得青光眼及治療的經過，因為我的症狀較特殊。

2014年歲末，一日我被陣陣劇烈頭痛所困擾，很快地，我想到的是我的眼睛出了問題，於是立刻聯絡我的眼科醫師。到診所驗眼壓時，一位年輕助理的焦慮表情令我難忘，他領著我換了好幾台機器不斷地做檢查，最終告訴我：「妳的眼壓高達60，我還以為機器壞了。」當然醫師在看完我的各項檢驗報告後，他的表情是凝重的，猶如十多年前他宣布我左眼的白內障須開刀治療時說：「妳是我遇到最年輕的白內障患者。」這次他宣布我的右眼得了「青光眼」，須到專門醫院治療。

那時我家仍經營禮品店，歲末年終正是忙碌時節，我有些不急於治療，卻被護士婉言勸告，於是我聯絡了青光眼專科醫師。到達醫院測試眼壓仍然高居60，醫師要我服下一粒降壓藥，一定時間後再測，眼壓依然高居30，醫師立即安排我做手術。

在我被診斷患「青光眼」後，即上網了解這病症，原來是眼內液體「房水」無法正常排出，導致眼壓升高，壓迫到眼球後方的視神經，造成視神經受損。患者會感覺到視野變窄，嚴重時甚至會失明。醫師對我施行的手術，就是打通眼中房水的排出系統，讓房水排出以減輕眼壓，再加上使用降眼壓的藥水。我在接受手術與藥物治療後，眼壓明顯降低，但視力已部分受損，視神經受創永遠無法恢復，我右眼角的視野變窄。以往開車要移往右

線時，只須轉頭回「眸」一看後方是否有來車，如今須完全回「頭」才看得清楚。雖然如此，我還是感謝進步的醫學治療，保住我的眼疾不致惡化。

沒想到我的體質特殊，半年後，排房水的洞又阻塞了，醫師決定為我動另一種較複雜的手術，即打通排房水孔後在洞的四周加襯，以防止洞再長合，然後在洞口放個小管子以利排水。自幼就懂得眼中容不下一粒「砂」的事實，實在無法想像如何能在我眼中放入「管子」？但也由衷感謝進步的醫學手術，使我能保住剩餘的視力。

第二次手術順利結束，我被推出手術室，準備要離去搭車返家前，一位醫務人員走過來，遞給我一個四折的小卡片，卡片左上角一小塊紙條上寫著我的姓名與出生年月日，還有我主治大夫的名字及手術日期，並寫明我的性別外加一串數字。右上角畫著一個眼睛，我注意到那眼珠是黑色的。在我還來不及閱讀內容文字時，這位醫務人員就對我說道：「妳剛才的手術中有用到一位捐贈者的眼組織，這卡片上有相關資料，妳可寫封感謝函。」我聽後十分驚訝，急忙問道：「會產生排斥作用嗎？」醫務人員回答說：「眼組織不會被排斥。」這時我才知道，醫師用來為我眼中小孔四周做襯墊的，正是這位捐贈者的眼組織。我當時好感動，拯救我視力的除進步地現代醫學外，還有熱心的捐贈者。

回家休養，並遵守醫師囑咐按時點眼藥，我的眼睛沒再惡化，只是視力明顯減弱，還好不影響正常生活。這時距離發病已超過半年，我也更注意保護眼睛，原以為一切都結束了。

次年春天，正是北美大地最易讓人們產生過敏的季節，我發現雙眼日漸泛紅，伴隨著陣陣奇癢，實在難受。心想，可憐的雙

眼，整日要用眼藥水養著，的確不好受。面對鏡中紅得羞於見人的雙眼，我更加注意自己的生活細節，嚴格忌口，不食易「發」食物，甚至用嬰兒洗髮精洗頭，避免刺激雙眼，當然也配合醫師的治療，但是「紅眼症」絲毫沒有減輕。

那是一次非常難過的看診經歷，幾次治療後我的青光眼醫師竟對我的「紅眼症」束手無策，當他宣布他無法治療此症狀時，我心情跌到谷底。幸好他為我的雙眼找到另一條生路，介紹我去看眼角膜醫師。那個診所雖在同層大樓中，我仍須先預約。

眼角膜醫師在檢查後，發現我上下眼皮內滿是小顆粒，那是引起「紅眼症」的原凶；至於為何生出小顆粒，還須進一步了解。她準備先做初步治療，給我點抗過敏眼藥水，再內服藥物；若無效，將以手術刮去上下眼皮內的小顆粒。很幸運！一種從實驗室新鮮做出來的眼藥水對我的「紅眼症」很有效，這種藥水非常珍貴，出實驗室後就須與小冰袋同行，只是保險公司僅負責很少一部分費用，我深知為救雙眼這錢不能省。不久眼角膜醫師發現我的眼睛對含有防腐或化學成分的眼藥過敏，於是與我的青光眼醫師聯絡，將我的降眼壓藥水改為小管裝，每小管用一次後就丟棄，保證不含化學成分；這種眼藥水費用當然較高，好在我的保險公司負擔大部分。至此，這場「紅眼症」風波結束，我的青光眼治療總算回歸坦途。

在視網膜醫師為我治療時，她發現我的乾眼症十分嚴重，建議我每日做二次各十分鐘的熱敷，熱敷後輕輕按摩，再滴上人工淚液；當然我須使用不含化學成分的人工淚液，每一小管只能用一天，開管後須冷藏，這對我保護雙眼有幫助，也會直接影響我治療「青光眼」的成效。這使我回想起多年前眼科醫師對我的建

議，他早已發現我患嚴重的乾眼症，並向我解釋：我眼睛減少分泌淚液，是因為年齡漸長後，眼中（尤其是下眼皮）的血管循環退化，無法保持眼睛潤滑，藉由熱敷與按摩再滴人工淚液，是最佳治療法。此刻我才驚覺，也許是我沒聽從醫師的建議，未及早治療乾眼症，才導致如今眼睛的嚴重病變。但無論如何，困擾數月的頑疾得到治療，我心情輕鬆許多。

經過一年半的治療，我的青光眼症狀已在控制中。持續地看診，及按時點眼藥，並定時服藥與每日兩次熱敷，再加上正確且不間斷地使用人工淚液，我患青光眼手術後的右眼沒再惡化，左眼的視力也非常好，期間並通過換駕照的視力檢查，我的生活終於恢復正常。

約兩年後，一次例行檢查中醫師發現我的眼壓又略微升高，究其原因，可能與眼角膜醫師要我使用的抗過敏眼藥有關。好在那時我的過敏症狀已大好，就將此眼藥改為需要時再使用；醫師又為我加一種小瓶降壓眼藥，只為右眼使用。每晚睡前熱敷雙眼，接著按摩一會再滴上人工淚液的流程後，我還要為右眼滴上一滴降壓眼藥，才能安心入睡。可喜的是，我眼睛的抵抗力似乎已增強，病變的右眼已不再排斥「瓶裝」眼藥水了。

今年是我得青光眼的第八個年頭，在醫師們的悉心照顧下，我雙眼的狀況穩定，醫師約見我的時間也改為每半年一次。雖然我外出旅行時，須帶夠足量的小管降眼壓藥水，還要準備一個小冰盒，放置我的抗過敏眼藥，但兩年前降眼壓藥水的價格大幅降低，我的負擔減輕不少。

年近「從心所欲」之齡的我，深知餘生得好好照顧已得病的右眼，還要更注意保護健康的左眼。尤其有醫學研究報導，百分

之十五的青光眼最後會失明，我更不能掉以輕心。要想與青光眼共處，除按照醫師指示用藥外，我也為生活規劃好一套計畫，除持續每日二次的熱敷及點人工淚液外，平日心情要放鬆，養成運動的好習慣，勿用眼過度，睡眠要足夠，營養要均衡，特別要食用綠葉蔬菜，並避免長時間的低頭姿勢。

　　過去我因生活與飲食習慣的缺失而得青光眼，今後我將注意改正缺失，相信能與青光眼共存。

由墨西哥「成人禮」說起

　　春季的達拉斯植物園中，群花盛開，其中尤以鬱金香品種齊全而著稱。我本愛花，自不會放過這賞花良機。初次賞花時，在滿園花叢中我見到許多盛裝打扮的年輕女孩，在親友的陪伴下愉快地與花合影。原以為是拍攝婚紗照，卻不見新郎，後來才知道，原來是墨西哥女孩為「成人禮」留下珍貴紀念。我很訝異墨西哥的「成人禮」只針對女孩，因此對這習俗留下深刻印象，想多了解而查找相關資料。

　　「Quinceañera」這個西班牙文字的意思是「十五歲女孩的成人禮」。我沒見過墨西哥女孩舉辦「成人禮」的盛況，但由園中這些女孩們盛裝打扮，愉快地在花園中拍攝美照的情景看來，可想見這「成人禮」對墨西哥女孩的重要性。有關這禮儀的起源眾說紛紜，有人認為是源於西班牙殖民墨西哥前的印地安習俗，也有人認為是源於歐洲宮廷傳統，但我也看到有研究指出：「傳統勢力利用十五歲女孩成人禮的機會，向女孩灌輸『服從男性』的觀念，以期將女人打造成男人的附屬品。」我非常反對最後一種說法，於是決定找人詢問。

　　幫我家打掃清潔的墨西哥太太Dora，年齡約五十歲左右，她是位虔誠的天主教徒，工作極專業又認真，舉手投足間可看出她受過良好教育。我請問她這種禮儀的由來，她說是墨西哥自己的習俗。我又問她舉行這儀式的用意，她說：「慶祝女孩子長大步入社會，也告訴孩子今後要對自己的行為負責。」我很喜歡這種

說法，孩子長大了，將有自己的社交圈，舉行儀式祝賀他們的成長，也提醒他們要謹慎與他人交往，並要有做人處事的責任感。至於為何專對女孩，我不知是否與這民族「母系社會」的歷史淵源有關，但我想，女子婚後將擔負起「相夫教子」的重任，自應及早接受「成熟面對群體生活」的認知教育，方能面對社會的各項變化。從這角度來看待此種儀式，自當明瞭這種禮儀的重要性。

Dora接著說，她有位剛辦過「成人禮」的外孫女，目前仍住在墨西哥。因她女兒早已與丈夫離異而獨自在外謀生，這位外孫女就一直被她娘家人照顧，所以舉辦「成人禮」的費用是Dora負責的。好在Dora移民來美後深受正向思想影響，將許多不必要的花費省下，做為外孫女的教育費。說完她取出手機給我看照片，一位盛裝打扮的年輕女孩，對著鏡頭微笑，她外孫女的「成人禮」儀式在教堂舉辦，以「莊嚴神聖」取代了「飲酒喧鬧」，我很佩服這位外祖母的見識。

說到「成人禮」，原也是我國的重要禮儀之一，當然西方許多國家也有此種禮儀，雖因文化差異，西方較側重於「感謝神靈」的護佑，但世界各地的「成人禮」都有「告知孩子已成年，應肩負一定社會責任」的意義。如此看來，這禮儀對宣誓「孩子已成長，將成為一個獨立又有擔當之人」這點是毋庸置疑的。

我一直認為孩子都是「受教」的，如今多元化的進步社會，資訊來源寬廣，更易於孩子們的學習，但並不意味著孩子們的價值觀與心智都能正向發展，若能以「成人禮」來提醒孩子的責任感，督促他們以熱情勇敢的心態來面對成長後的歲月，必能幫助他們順利長大成人，且能使他們步入社會後的步伐更穩健。

我看著盛裝打扮的美少女，對著鏡頭留下美好的回憶，相信

她們都已在「成人禮」儀式中得到了長輩們的教導與祝福，我也
深深地祝福她們。

我所見識過的房車族生活

　　趙婷獲得奧斯卡最佳導演獎的消息令許多中國人欣喜，她導演的《游牧人生》（Nomadland）獲得最佳影片獎，使房車族也成為最近的熱門話題。而我，卻想起了一位已去世的房車族友人。

　　John是外子的摯友，他的太太Donna是教我適應美國生活的功臣之一，這家好友在九零年初就出售房宅，拍賣家具，去過旅遊生活。他們熱愛旅遊，最初除駕車在全美各地旅遊外，還買了帆船悠遊於美國沿海，我也有幸做過船上的訪客，生平唯一的一次，印象雖深刻卻不嚮往。不久，他們的帆船在佛羅里達州避颶風時被完全吹毀，拿到賠償金後，他們決定買輛房車，過暢快旅遊的日子。原來他們有帆船的日子也是「水路兩棲」，不適合揚帆的季節就在全美各地駕車旅遊，如今是小車換大車。

　　他們買的是超大型豪華房車，車內設備齊全，如同一個小套房，只要停在供應水電的RV停車場，他們就可得到水電補給。房車後拖著的小車，方便他們到市區行動，用餐、購物甚至走訪親友，他們的日子愜意極了。不久，我們得知他們在亞歷桑那州鳳凰城附近，一處叫Solano的小鎮買了塊地，那是個房車族聚集小鎮，每年秋冬他們會到那兒住半年。當時我們正經營小商店，每年春、秋二季要到拉斯維加斯參加展銷會。我們習慣開車前往，從達拉斯到賭城途中可順道經過鳳凰城走訪老友，實在令人興奮。

　　Solano是個在地圖上不易找到的小鎮，雖有著沙漠般的氣候

▶友人住處的房車。

與景色，但家家戶戶都停了房車，且每家都有深宅大院卻不設高
牆，多以鐵絲網狀的柵欄與鄰居間隔。每家院中皆種有適合乾旱
地區生長的植物，為遠處的禿山與街間的碎石子路增添生氣。
Donna還以大量水種活一株他們從佛羅里達州帶回的甜橘，我因
而吃到一粒約花費五十元水費澆灌出的甜橘。我們總在春末到
訪，春寒料峭時節來到這遠離城市喧囂的小鎮，更引發我對此地
房車族的好奇。藉著Donna的說明，我了解這兒的住戶都是退休
愛旅遊之人，為躲避冬季的寒雪而來到此地，又在炎夏來臨前離
開這如沙漠般的旱地。他們是房車族，也有著候鳥般的特質，選
擇到這小鎮買地避寒，因這裡地價極便宜。我這久居城市的房
奴，對這一切都感到極新鮮。

▶Donna細心種植的甜橘樹。

　　這房車族群聚的小鎮，有著一般城市必要的生活所需，小小的超市供應生鮮蔬果與日用品，還有顧客熙來攘往的郵局。因小鎮沒郵差，信件全投入各家租用的信箱中。當然餐廳也會隨人潮而來，我們曾在鎮上唯一一家餐廳，品嚐過不同於一般連鎖餐廳的純正美國鄉村晚餐。

　　最有意思的是John在此地的一種特殊戶外活動：他帶我們去「淘金」，目的地是離家半小時左右的石山上。若非絕對的興趣，那片凸山是不會引我現身的。John手執探測器的專注神情很有特色，他絕非貪財之人，只是愛上了這種探尋的樂趣。當然，我不會說那裡沒金子，因Donna的脖子上掛了一塊小手指甲般大小的「Golden Nugget」（金塊），就是在這凸山上尋得的。

　　在我們離去前，John帶我們來到幾堆小土丘前，他指著上面那些用鵝卵石排出的字母，說道：「這裡可能是以前華工的埋骨處。」我甚是感慨，離鄉背井為生活打拚的結果竟埋骨於異鄉荒野間，但那正是那年代某些人的生活方式。

　　John是位很勤勞的人，他在這大片自家土地上蓋了儲藏室，又請人幫忙蓋了間帶衛浴的臥室，搭建了三個高頂大車棚，可停放親友的房車。黃昏時分我們圍著院中的大火爐，吃著Donna特製的牛肉醬配玉米餅，裹著印地安人手織的毛毯，沙漠氣候般的陣陣冷風拂面而來，分享著我們濃濃的友情。

　　不記得我們曾到此幾次，但最驚險的是一次夜間行。那天我們在鳳凰城晚餐後，由高速公路抵達通往Solano的出口前，我與Donna通電話報告我們的行蹤，她提醒我們，通往她家唯一鄉間小路要經過一片Open Range（自由放牧區），夜間會有牛隻亂逛，碰上就會遭遇如她鄰居那種「車毀人傷」的慘況。我們很幸運，在高低起伏的小路上，見到棲息在樹下的牛隻，卻沒向我們攻擊，我也因此見識到在此生活的不容易。

　　數年後，John因患癌症而搬到田納西鄉下定居，不久後去世。我們很懷念這對夫妻，我更感謝他們讓我認識美國有些房車族的生活，他們，是因興趣而過著「游牧生活」。

歲末年終時的那棵溫馨樹

　　美國聖誕節最亮眼的看點，應是住家門外的聖誕裝飾燈，以及擺飾在屋內的聖誕樹。這兩種裝飾約從感恩節後開始展示到次年元旦左右，屋外的裝飾燈不但美觀，也照亮了夜晚的路人。屋內的聖誕樹下擺放了禮盒，家人們期待著共同拆禮物的溫馨時刻。而我常想，窮苦人家的孩子有聖誕禮物嗎？

　　自從在Mall內經營禮品生意後，我發現有棵特殊聖誕樹，自感恩節後至十二月中旬，被架設在Mall的主要進出口。說它特殊，是因為這棵約六英尺高的人造聖誕樹上，掛的不是彩燈與吊飾，而是許多三英寸寬、十英寸長的紙片，紙片上端畫著一個小天使，她頭戴光環跪地禱告，因此掛滿這種紙片的聖誕樹被稱為Angel Tree（天使樹）。紙片下端寫著一位渴望得到禮物孩子的個人資料，包括姓名、年齡、性別等，這孩子若想要衣服鞋襪，紙片上也會註明所需尺寸，甚至花樣與色彩。這點很讓我驚訝，原來對一位渴望得到聖誕禮物的貧苦孩子而言，他的渴望是完全被尊重的，我對這份善念又增加另一層敬意。

　　因為對這棵樹好奇，我特別做了番探究。原來這些Angel Tree，是由Sslvstion Army（救世軍）所設立的，目的是藉此一慈善活動幫助貧困者，尤其是貧苦家庭的孩童們也可在聖誕節獲得禮物，同時也替善心人士開闢一條發抒愛心的管道。根據我的觀察，大多數來摘取愛心紙片、準備禮物的都是孩童，他們由父母陪伴著，在樹前仔細尋找自己中意的紙片，再依據紙片上的說明

去購買禮物，於指定時間內送給收禮物的工作人員。對此我非常感動，對這種教育孩子表達善心的方式我十分欽佩。有幾年，我經營商店所在Mall的Angel Tree就設在我店外，我曾親眼見到感人的一幕：一位可愛的小女孩，堅持要用自己所存的零用錢為一位同齡女孩買禮物，但所存的錢不足買下紙片上的禮物，於是她先取下紙片，並對母親說她要回家繼續存錢；直到收取禮物截止日那天，她捧著大包禮物交到工作人員手中，那一刻她臉上露出的微笑，是我見過最美麗的笑顏。

說到孩童們寫在紙片上對禮物的期待，我也發現另一感人事實：原來紙片下端除孩童的基本資料外，還印著一種Need（需要）及一個Wish（渴望），幾乎每位孩童都需要衣、褲、鞋、襪，但玩具與遊戲卡片等，也幾乎是所有孩童所渴望的禮物。這個發現讓我更明白，滿足孩童對聖誕禮物的要求，「需要」與「渴望」都應兼顧。

記憶中最讓我感動的一年，是911事件後，美國境內出現令人感動的團結，社會善心人士的義舉更是多得不勝枚舉。那年掛在Angel Tree上的紙片很快被取完，回送禮物的速度也極快。

不知為何，每逢歲末時節，我總會想到那些年所見Angel Tree旁，善心人士們陪伴孩子為貧困孩童摘下Angel Tree紙片的情景。同時也想起我的貧苦童年，曾在教堂領救濟衣物，獲得一件暗紅黑格厚大衣，那不是件新衣，尺寸也比我當時身材寬大，但仍陪伴我度過好幾個冬季，那份溫暖在我幼小心靈中生根發芽，我一生總記得有能力時要多多助人。

今年適逢新冠肺炎疫情衝擊，全美各地染疫與死亡人數不斷飆升，經濟蕭條，失業率創新高，也許會有更多孩童無法獲得聖

誕禮物，希望帶給貧苦孩童希望的Angel Tree，能再度為這些孩
子們覓得一份溫馨的聖誕禮物。

輯五

世間情

情牽

　　夢欣是位平凡的女孩，有著端莊卻不算亮麗的外貌，溫和的個性，中上的學業成績，這些不怎麼出色的條件，伴隨著她平順地自大學畢業，幸運地通過檢定考試，謀得令人稱羨的公職，她的生活至此都平靜無波。

　　適婚年齡的夢欣，渴望能覓得如意郎君的心願一再落空。直到三十歲那年，她認識良鵬，一位憨厚木訥的藥劑師，皮膚白皙嬌小的夢欣站在身材高壯的良鵬身旁很是相配。兩人在相識半年後步入婚姻殿堂，不久夢欣懷孕了，親朋好友們都為這二人高興。至此，夢欣的命運彷彿有「幸運之神」護航，令人羨慕極了！

　　七月間，燠熱的氣候本已令人難受，夢欣挺著八個月的大肚子，一人受著二人的體溫，白皙的雙頰透著緋紅。這陣子她早已習慣了這份難耐的熱度，只是那天上午良鵬出門後，夢欣就感到特別煩躁，一陣陣的心跳加速令她不安。這是她的頭胎，她不知生產前的生理是否會有此類症狀。就在她情緒浮躁時，桌上的電話響起，是警察來電，良鵬出車禍，命危！

　　夢欣趕到醫院急診室，握著渾身是血昏迷中的良鵬，清楚感覺到良鵬的手指在她掌心中微微一動，病床上的良鵬乍然停止了呼吸，床邊儀器的數字急遽下降，一個夢欣熟悉的生命在她眼前結束。醫師做了最後確認，護士將白床單罩在死者血跡未乾的臉上，與醫師一同離開，留下些許時間供親人向亡者告別。夢欣愣了好一會才清醒過來，她親愛的丈夫去世了，走得如此匆忙，連

即將出生的孩子都來不及看上一眼。夢欣被突如其來的噩耗震暈了，半晌沒反應過來。很快地，她被覆蓋在良鵬身上的白被單驚醒，淒厲地高喊一聲：「不！」接著是震天哭聲，她被扶到急診室外白色木條椅上坐著，雙頰的緋紅不知何時消失了，只剩下令人不忍多看一眼的慘白，與雙臂的白皙相對映，使白色木椅染上一層淒涼。

　　「良鵬啊！你醒醒！你還沒看到孩子呢！」「良鵬啊！你怎麼忍心丟下我和孩子啊！」淒涼的呼喊與哭聲令人聞之鼻酸。陪在夢欣身邊的親人愈來愈多，護士也趕來為夢欣量血壓，隨後推來一輛輪椅，將血壓飆高的夢欣送至病房休息。急診室外的親友們七嘴八舌地討論著：「是被那貨車輾死的。」「不是！貨車轉彎時沒看到騎摩托車的他，撞倒他後拖著他開了好久，他是被拖死的。」「可憐喔！他們結婚才剛滿一年啊！」事實是，夢欣肚裡的孩子將成為遺腹子。她與良鵬從認識到如今也僅一年半，夢欣成了寡婦，良鵬也匆匆走完他短暫的三十五歲時光。

　　夢欣開始了行屍走肉般的生活，她不斷地告訴自己，不能停止呼吸，要將孩子生下來，那是良鵬留下的唯一骨血。但，好難！要呼吸除睡眠狀況外她都是清醒的，而只要神智清醒她的悲傷就如一根纏繞在她身上的絞繩，愈絞愈緊，良鵬臨終前的慘狀總清晰地浮現在她眼前。就在她痛苦得瀕臨崩潰時，一個安詳可愛酣睡的嬰兒面孔逐漸取代良鵬的遺容。夢欣漸漸明白，為了她與良鵬的孩子，她要堅強地活著。良鵬臨終前在她手心上留下的微微顫動，正是在傳遞他的遺願。

　　就是那張安詳可愛酣睡的嬰兒面孔，使夢欣從悲傷深淵的泥淖中慢慢爬出。為了孩子，她停止哭泣，並開始進食與睡覺，在

母親細心地呵護下夢欣平安產下一個小男孩。夢欣首次抱著孩子餵奶時，她不停撫握孩子的小手，突然，她又感受到良鵬臨終前在她手心上留下的微微顫動，只是這微微的顫動變成一股清晰的暖流直入她心田，她低聲喚著：「良鵬！我們的孩子出世了，你看到了嗎？」她感覺眼角一陣濕潤，但流出的是「有了希望的未來」。

產後的夢欣有母親與孩子陪伴，在休完喪假，請完療傷的病假後，緊接著生產坐月子。經過將近半年的休養，她又恢復職業婦女的忙碌生活，幸好有母親同住幫忙，她初為人母的辛勞減輕不少。產後的夢欣身材略豐腴，雖然眉宇間有著顯而易見的愁緒，但清秀面容增添了幾許少婦的風韻，她的容貌與身材都比少女時代更嬌媚。這些改變夢欣並不自知，她只覺得夜夜難眠，母親睡後，她常看著搖籃中的兒子發呆，也常默默地低語：「良鵬，我們的孩子好可愛！」「你看！他的唇形好像你啊！」邊說邊想著與良鵬相處時的種種，難忘他有力的臂膀，摟著、吻著她的那種感覺。想著！想著！她跑回自己的房間痛哭，嘴裡不停低聲喚著：「良鵬啊！良鵬！我好想好想你啊！」她彷彿見到了良鵬，那晚她有個很甜蜜的夢，良鵬的胸膛依舊溫暖，她重拾久違的那份安全感，再度享受那份溫存，她好滿足，只是，醒來時枕邊淚痕斑斑，床邊不見愛人，那種椎心刺骨的悲痛，太可怕了！

難熬的夜晚如緊緊纏繞在夢欣身上的鐵絲，夜愈深鐵絲纏繞得愈緊，時鐘的滴答聲伴隨著漸漸嵌入肌膚的鐵絲，她的身心分分秒秒都被疼痛與沮喪吞噬，夢欣如熬刑般地咬牙苦撐，突然！一個念頭閃入腦際：「何以解憂？唯有杜康。」她迷迷糊糊地起身，跌跌撞撞地走到櫥櫃前，取出那半瓶紅酒，往杯中倒了些，

隱約聞到酒香，只是那令她略微清醒的酒香，使她憶起上次與她飲酒的人兒已逝。沉思片刻，她嚥下一口酸、鹹的液體，原來淚水已流到了她的唇邊。夢欣從未愛過酒，只覺得一股酸味進到胃裡永遠像外來客，但今夜她卻發覺這些紫紅色的液體不再被排斥，並將她的思緒帶入縹緲幻境。不久，她看到了良鵬，他挽著她的手在溪邊散步，他摟著她的腰踏月而行，終於，良鵬坐到她對面與她對飲，又聽到他深情地說道：「夢欣：我愛妳，永遠永遠！」就這樣，黑夜依舊下沉，纏繞在夢欣身上的沮喪竟消散於夜空間，因為良鵬來相伴，這個夜晚美極了！

趴在桌上睡到天亮的夢欣，幸虧比母親早醒，免去了母親見她醉酒的擔憂。捧捧頭，逐漸清醒的夢欣意識到原來是週日清晨，難怪母親還未起床，可愛的兒子也配合假日睡著懶覺。夢欣收拾好桌子，慶幸昨晚醉酒前將瓶塞塞緊，瓶中誘人的瓊漿彷彿在與夢欣預訂今晚的約會。她想到要在母親清醒前洗去身上的酒氣，並舒活趴睡桌前的全身酸痛。在浴室中藉著蒸騰的水氣，她努力尋找昨晚那「杜康」帶給她的縹緲夢境，只是遍尋不著。

自那晚起，夢欣不再恐懼黃昏，不再為即將到來的漫漫長夜而憂懼。等孩子與母親相繼睡著後，她興奮地打開櫥櫃，取出那瓶紅酒，將酒倒入杯中的那一刻，她的心情回到了從前，那段與良鵬約會時的日子，甜蜜又充滿驚奇。她對著晶瑩醉人的杯中佳釀，低聲喚著：「良鵬！我來了。」嚥下幾口後，她的喉嚨感到陣陣灼熱，連帶頸子也感受難擋的熱氣，她緩緩解開上衣扣，用微熱的指尖輕拂著頸部的肌膚，兩種熱度摩擦出的熱，令她呼吸急促，就在此刻良鵬又出現了，只是今夜的良鵬未發一語。夢欣又嚥了幾口酒，酸酸的口感依舊，只是良鵬的身影隨著她逐漸

模糊的意識也模糊了，還好！她趁自己還未完全昏睡前走回了臥室。次日清晨，比夢欣早起的母親看到了桌上的酒瓶與酒杯，她明白女兒的苦，未發一語地收拾好桌子，內心卻更沉重。一連數月，夢欣都靠著杯中物進入夢鄉，雖勉強入睡，但她豐腴的臉龐逐漸消瘦，皮膚也不似往日那般有光彩。

那晚為同事升職而慶賀，大夥聚完餐後還想再續攤，一些人去唱歌，夢欣隨著其他人繼續去喝酒。這是她第一次進酒吧，滿牆壁的各色酒瓶看得她眼花撩亂。同辦公室的小張建議她喝杯有荔枝花香的白葡萄酒，她喝了幾口覺得甜甜的蜂蜜與淡淡的鮮薑味，不僅沖淡了她熟悉的酸澀味，更無法帶她進入她期待的幻境。離開酒吧前，她對牆上的各色酒拋下深深一瞥，當晚還是家中的紅酒伴她入夢與良鵬相見，只是良鵬愈來愈沉默了。

接著幾日，她覺得家中的酒味道愈來愈淡了，以致她的睡眠狀況每況愈下，而良鵬不再到夢中來見她，更令她沮喪。又是週末，夢欣決定到那酒吧去買醉，在微風細雨中她搭車計程車到達酒吧，在店外站了一會兒，她才看清，這家酒吧在鬧區，附近是多家餐廳與旅社。她深深吸了口氣，藉此壯膽走進酒吧。強自鎮靜地坐到吧檯前，才發現竟找不到她熟悉的那種酒。這時酒保已過來招呼她：「女士妳好！請問妳要喝什麼酒？」她怯生生地說道：「我再看看！」但無論她如何找尋，卻仍不知哪種酒適合她。這時她耳邊響起一個男子的聲音，低沉又有磁性的聲音，使夢欣心頭一震：「嚐嚐白金粉黛（White Zinfandel），這種酒適合女性。」夢欣隨著聲音望去，看到左側有位中年男子，眉宇之間有股難掩的英氣兼有令人深信不疑的和善，又見他寬厚的肩膀與滿頭黑髮的帥氣臉龐，頓生好感，向他微微點頭並說聲：「謝

謝！」善解人意的酒保看懂這二人的互動，向夢欣說道：「要嚐嚐嗎？」夢欣點頭後，感到心頭湧上一陣莫名的興奮，臉頰也有些微熱。不久酒保送來一杯色澤清新的粉紅色酒，夢欣甚是歡喜，姑且不論酒味如何，單看這酒的色彩就掃去她心中大半的鬱悶。拿起酒杯聞了聞，有股淡淡果香但不膩人，輕輕抿了一口，感覺不錯，接連品了幾口，甜中帶酸，有她熟悉的酸味外，還兼有一股令人愉悅的微甜。這份難得的口感，打破了她慣有的矜持，她側過臉來向介紹她喝這種酒的先生說了聲：「謝謝！這酒滿好喝的。」在外飲酒，她不敢貪杯，喝完一杯就匆匆離去。那夜她失眠了，但不似良鵬過世後夜夜難眠的那麼難熬，心底似乎有種不願入睡的情愫，只是那夜良鵬未入夢，她則在窗外淅瀝瀝的雨聲中入睡了。

　　渾渾噩噩地過了幾日，夢欣想戒酒，故意沒再買酒回家。挨不住失眠之苦時她有股想去酒吧的衝動，但她似乎又有些顧慮。接連的睡眠不足，嚴重影響她的工作情緒，那晚她決定再去買醉，也想見見那個人。坐上吧檯後她有些失望，夢欣心底期望見到的人沒來，她獨自飲著那杯粉紅色酒，酒色依舊美麗，但喝在嘴裡品不出前次的甜美，卻多了一分苦澀，那晚她買回的失落感多於微醺。

　　數週後的一個週末，老同學約她吃晚飯看電影，一場結局美滿的情愛劇卻引來夢欣的感傷，回家前她刻意轉到酒吧，坐下來呆望著準備選酒時，一個久違的聲音在她耳邊響起：「好久不見，妳好嗎？」夢欣的心中猛然一驚，彷彿做錯事被察覺的孩子那般不知所措，又如找到遺失物件時那般的興奮。她沒預料一個她想忘卻忘不掉的身影竟出現了，這份突來的驚喜湮滅了她進入

酒吧前的傷感，見那熟悉又陌生的身軀緩緩地走過來，並坐在自己身邊，夢欣的心情竟如初識異性般羞澀起來，眼前這人英挺又帥氣，笑起來微微上翹的嘴角，有些頑皮，為他魁梧的身材增添了幾分稚氣。「我出國談了幾筆生意，下午才回來，剛才還在想是否會遇到妳？真巧啊！」這人直白地說明，彷彿彼此是老相識。夢欣不知如何回應。他見夢欣不語，索性為她做主：「想喝點什麼？我請客。」他望著牆上的各色酒瓶說道：「今晚嚐嚐黑皮諾（Pinot Noir）如何？妳吃過晚飯沒？這酒配海鮮很棒。」順著他手指處看去，那是種紅酒，夢欣感到很熟悉又親切就點了點頭說：「好啊！但不能讓你請客。」「小李，來兩杯黑皮諾，再加一份烤魚。」這位有主見的男士點好酒菜後對夢欣說：「我姓趙，做汽車椅墊生意，這次到東南亞，總算把廠房和工人搞定，原來的經理也在當地招了二位很有經驗的助理，我接的訂單總算可按時順利出貨了，真高興遇到妳，一起喝杯酒慶賀。對了！請問妳貴姓？」「謝謝你！就叫我夢欣好了。」此語一出夢欣自己也嚇了一跳，她怎會對此人有一見如故之感？

那真是奇妙的夜晚，原本傷感的夢欣與一位陌生男子的邂逅，在酒的催化下，竟是如此地美好，趙非常健談，他見多識廣，言談中諸多趣事令夢欣心情大好，杯中黑皮諾的獨特香氣與眼前男子的幽默話語，逐漸掃去她進入酒吧前的鬱悶。趁著人還清醒，她趕忙離開酒吧，回到家中沐浴後躺在床上的夢欣毫無睡意，腦中不斷呈現酒吧中的情境，終於陣陣微醺催她入夢——不久她迷迷糊糊地和一男子進入一片霧境，四周全是竹林，極像了她與良鵬度蜜月的地方，不！她身旁這男子的面容怎麼如此模糊？

接連數日，夢欣經常被一種聲音困擾：「良鵬已經回不來

了，妳可以交男友。」但當她看到兒子日漸長大的身軀，她心中剛燃起的一種渴望的幼苗立刻被遮蓋。因此，她強烈壓制胸口的一股莫名慾念。再度開始在家中自飲自酌的夢欣覺得，杯中的紫紅色液體，既沒有「白金粉黛」的甜美，更缺乏「黑皮諾」的香味。那晚，惱人的雷雨令她煩悶極了，母親與兒子睡後，她乘車到酒吧，門前屋簷下的幾滴雨水重重打在她的傘上，她突然驚醒：他如果有家室怎麼辦？不能糊塗啊！畢竟這男子的過於主動是夢欣難以招架的。一陣風吹來將她手中的傘面吹翻了，打在她身上的雨滴令她驚醒，轉身跳上另一輛計程車，回家後急忙為自己倒了一杯酒，從來沒想到這杯酒竟如此地苦。

　　夢欣病了，蠟黃的面容、無神的雙眼與無法集中的心神實在不宜工作，她決定請一週的病假，告訴母親她要去朋友山上的農場小住幾日，並請隔壁鄰居周太太照顧母親。山上清冷的空氣使夢欣感到舒服多了，只是漫漫長夜又被蛙鳴蟲叫聲困擾，徹夜難眠。次日好友卿玲陪她到山區唯一的小診所看病，醫師是卿玲的好友，聽說夢欣數月來靠飲酒助眠，就給她開了三日的安眠藥。這藥果然能讓夢欣入睡，只是次日她仍昏昏欲睡，連窗外的山嵐向她招手她也無意回應。當晚藉著藥物她又輕易入睡，次日昏沉狀況減弱，她決定提早回家。卿玲摘了些剛熟的蘋果讓夢欣帶回家，這趟山中行，讓夢欣認識了安眠藥的效果，只是不知是福還是禍……

　　吃完最後一顆安眠藥後，夢欣決定繼續以藥助眠，醫師為她開藥後囑咐她服藥後千萬別飲酒。在不斷換診所與用藥後，她服藥的劑量日益增加。日漸消瘦的臉龐與笨拙的舉止，引來同事亞蘭的注意：「夢欣，我陪妳去找針灸醫師做戒藥物治療吧！」夢

欣眼眶含著淚說道：「好！謝謝！」一個療程後，成效明顯，夢欣對安眠藥的依賴已明顯減少，每晚聽著柔和的音樂已能慢慢入睡。那日是針灸治療第二療程的第三次，夢欣發現醫師的態度有些曖昧——原來醫師太太回娘家，他知道夢欣因喪夫而患上失眠症，想趁虛而入，診療結束後醫師試圖摟著她，並說道：「今晚我陪妳喝酒好嗎？」這過分的舉動嚇壞了夢欣，她付費後奪門而出，回家後一陣痛哭，再也不去那家診所了。

　　良鵬已去世快一年了，兒子也開始牙牙學語，那晚孩子在她懷中叫著：「媽媽！」聽起來又像叫著：「默默！莫莫！」她忽然警覺自己要活得清醒了。不久！單位要裁員，夢欣的申請很快被批准，靠著一筆不錯的資遣費，與良鵬意外事故的理賠及保險金，夢欣不必為生活煩憂，她換了房子，新環境使她更遠離悲傷。

　　電話鈴聲響起，是卿玲想念夢欣了，不愧是好友，總不忘關心夢欣。好一陣暢談後，夢欣對卿玲說道：「日子應該會愈過愈清醒吧！我也許會去讀書進修，或者去築夢山林？」

　　那晚，兒子的鼾聲陪著夢欣入睡，久違的良鵬又到夢中與她相會，她的夢境愈來愈甜美了。

語言文學類　PG2760　北美華文作家系列42

歲月不留白

作　　　者 / 陳玉琳
責任編輯 / 洪聖翔
圖文排版 / 陳彥妏
封面設計 / 王嵩賀

發 行 人 / 宋政坤
法律顧問 / 毛國樑　律師
出版發行 / 秀威資訊科技股份有限公司
　　　　　114台北市內湖區瑞光路76巷65號1樓
　　　　　電話：+886-2-2796-3638　傳真：+886-2-2796-1377
　　　　　http://www.showwe.com.tw
劃撥帳號 / 19563868　戶名：秀威資訊科技股份有限公司
　　　　　讀者服務信箱：service@showwe.com.tw
展售門市 / 國家書店（松江門市）
　　　　　104台北市中山區松江路209號1樓
　　　　　電話：+886-2-2518-0207　傳真：+886-2-2518-0778
網路訂購 / 秀威網路書店：https://store.showwe.tw
　　　　　國家網路書店：https://www.govbooks.com.tw

2022年5月　BOD一版
定價：280元

讀者回函卡

國家圖書館出版品預行編目

歲月不留白 / 陳玉琳著. -- 一版. -- 臺北市：
秀威資訊科技股份有限公司, 2022.05
　　面；　公分. -- (語言文學類；PG2760)(北
美華文作家系列；42)
　　BOD版
　　ISBN 978-626-7088-77-7(平裝)

855　　　　　　　　　　　　　111006972